Joana Peters

Liebe kennt kein Alter

Sie kennt nur Sehnsüchte, Lust und Leidenschaft

Drei wahre Begebenheiten

Joana Peters

Liebe kennt kein Alter

Sie kennt nur Sehnsüchte, Lust und Leidenschaft

Drei wahre Begebenheiten

Bibliografische Information der Deutschen Nationalbibliothek:

Die Deutsche Nationalbibliothek verzeichnet diese Publikation in der Deutschen Nationalbibliografie; detaillierte bibliografische Daten sind im Internet über http://dnb.dnb.de abrufbar.

© 2021 Joana Peters 1. Auflage

Illustration: Joana Peters

Covergestaltung: Joana Peters

Textgestaltung: Joana Peters

Quellennachweis:

@ Der Tagesspiegel – Autor TANJA BUNTROCK www.tagesspiegel.de

© Augsburger Allgemeine – Autor SASCHA BOROWSKI www.augsburger-allgemeine.de

© Hamburger Morgenpost – Autor Olaf Wunder, www.mopo.de

Bildnachweis: Joana Peters, Pixabay

Herstellung und Verlag: BoD – Books on Demand, Norderstedt

ISBN: 9783752611632

Inhalt

Vorwort

Was kann passieren, wenn Frauen ab siebzig
sich noch einmal neu verlieben?

Zu oft fühlen sich Frauen ab siebzig sehr einsam und allein. Viele
Frauen in dem Alter haben ihren Mann durch eine schwere
Krankheit oder einer schmerzlichen Trennung verloren. Die eigenen Kinder sind längst aus dem Haus und leben, oft weit weg, ihr
eigenes Leben.

Sie haben alles hinter sich, was eine Frau geben und erleben
kann. Irgendwann kommen diese Frauen an einem Punkt an, an
dem sie sich fragen: „Das kann doch nicht alles gewesen sein? Ich
habe mein gesamtes Leben für die Familie aufgeopfert und auf
meine eigenen Wünsche und Bedürfnisse immer verzichtet."
Das Gefühl Einiges in ihrem Leben verpasst zu haben, wird immer stärker und somit lässt sie der Gedanke, jetzt möchte ich
mein Leben so leben wie ich es mir vorstelle, nicht mehr los.
Sie machen plötzlich Dinge, von denen sie sich noch vor Jahren
nicht einmal gewagt hätten, davon zu träumen und haben dabei
eine Menge Spaß. Oft finanziell gut bis sehr gut abgesichert und
noch sehr attraktiv, suchen sie nach Anerkennung und möchten

wieder einmal das unbeschreibliche Gefühl spüren, wieder geliebt zu werden, so wie sie sind. Sie verspüren den Drang, jetzt alles erleben zu müssen, was ihnen das Leben bisher verborgen hielt. Ihre Gefühlswelt wird damit gewollt zu einer Achterbahnfahrt. Meist verlieben sie sich dann in Männer, die entweder verheiratet oder viele Jahre jünger sind. Sie gehen Kompromisse ein und stehen zu ihrem Handeln. Diese Art von Frauen wissen genau, was sie sich wünschen. Sie möchten einen Mann, mit dem sie Spaß und guten Sex haben können. Mit dem ausgesuchten Liebhaber, sie sich einen Mann in ihr Leben holen, auf den sie sich auf seine Loyalität verlassen können und er für sie da ist, wenn sie ihn brauchen. Diese Frauen suchen nach LEBEN und meistens nicht nach einer Partnerschaft mit Verpflichtungen, denn diese haben sie alle auf ihre Art schon hinter sich.

In diesem Buch erzählen uns Uschi, Erna und Helga ihre persönlichen Erfahrungen, nachdem sie den sogenannten „dritten Frühling" ohne Wenn und Aber erlebt und durchlebt haben.

Drei Frauenschicksale, die uns zum Teil ein wenig schmunzeln lassen, aber dennoch zum Nachdenken anregen.

(Alle Namen, Daten oder Orte wurden zum Schutz der Privatsphäre aller Beteiligten geändert. Etwaige Übereinstimmungen sind rein zufällig.)

Uschi

Die wichtigsten Stationen in Uschis bisherigem Leben.

Sie wurde 1942 als erste Tochter einer Arbeiterfamilie in Bayreuth/Bayern geboren. Nachdem der 2. Weltkrieg sein Ende nahm, musste ihre Mutter ganztags mit zur Arbeit in eine Fabrik gehen. Daraufhin lernte Uschi schon sehr früh, Verantwortung zu übernehmen und ihre Mutter im Haushalt zu unterstützen. Im Alter von zwölf Jahren konnte sie bereits sehr gut kochen und backen. Sie eignete sich die ersten Handgriffe an einer Nähmaschine an, um für die Familie Haustextilien und Kleidungsstücke zu fertigen. Im Alter von fünfzehn Jahren begann sie eine zweijährige Ausbildung zur Näherin und arbeitete von da an in einer Firma, die Konfektionen für Damen herstellte. Uschi lernte mit gerade einmal siebzehn Jahren ihren späteren Ehemann Werner kennen. Schon bald darauf wurde ihre erste Tochter Ramona geboren. Zwei Jahre später ihre zweite Tochter Maria. Ihr Mann, ein Bauarbeiter, baute in Eigenleistung nach Feierabend das gemeinsame Haus. Es sollte ein kleines Zweifamilienhaus für sie und für Uschis Eltern mit einem idyllischen Garten für die Kinder werden. Bis zur Fertigstellung des Hauses, war es eine sehr harte

Zeit für Uschi und auch für Werner. Jede freie Minute wurde dazu genutzt, das Haus bezugsfähig zu machen. Nebenher hatte Uschi ihren Job in der Konfektionsfirma und die beiden kleinen Kinder.

Im Herbst 1962 war dann der große Tag gekommen. Uschi konnte mit ihrer kleinen Familie und zusammen mit ihren Eltern in das neue eigene Haus einziehen. Zwar gab es noch einiges fertig zu stellen, aber es war bezugsfertig. Die Freude war groß!

Es dauerte nicht lange, da veränderte sich Uschis Mann sehr zum Negativen. Er kam des Öfteren später von der Arbeit nach Hause, dazu war er dann meistens im betrunkenen Zustand. Arbeiten, die noch am Haus zu erledigen waren, übernahm dann Uschi selbst oder ihr Vater. Daraufhin gab es sehr oft Ärger, die Familienidylle war gestört.

Uschi wollte es nicht akzeptieren, dass ihr Mann zu oft und zu viel Alkohol trank. Sie bestand darauf, dass er sich einen anderen Job mit einem anderen Umfeld sucht. Werner begann daraufhin als Busfahrer in einem Reiseunternehmen zu arbeiten. Er war dann viele Tage nicht zu Hause und Uschi stand wieder allein mit allen Alltagssorgen da.

Ende der 80er Jahre erlitt Uschis Vater einen schweren Schlaganfall und wurde daraufhin ein Pflegefall. Für Uschi war klar, dass sie ihren Vater ohne Diskussion zusammen mit ihrer Mutter zu

Hause pflegen würde. Auch zu dieser Zeit opferte sie sich über das Maß hinaus für die Familie auf. Ihre Kinder studierten in dieser Zeit beide, sie waren finanziell noch von ihren Eltern abhängig. Unterstützung konnte sie von ihnen keine erwarten, schon zu dieser Zeit lebten sie ihr eigenes Leben.

Nachdem ihre beiden Kinder das Studium erfolgreich absolviert hatten, bauten sie sich ihre eigene Familie auf. Als sie kurz darauf sich ihr eigenes Haus bauten, unterstützten Uschi und ihr Mann beide in dieser Zeit finanziell. Uschi kümmerte sich dazu um ihre drei Enkelkinder, damit ihre Töchter ihren verantwortungsvollen Job weiterhin ausführen konnten.

Sie selbst wollte sich nie eingestehen, dass sie mit all ihren Aufgaben maßlos überfordert war.

Im Herbst 1995 verstarb ihr Vater nach langer schwerer Krankheit. Nur zwei Jahre später erkrankte ihre Mutter an Krebs. Wieder übernahm Uschi die Pflege ihrer Mutter zu Hause. Nebenbei arbeitete sie immer noch als Näherin in Akkordarbeit. Nun erst merkte sie, dass sie mit allem überfordert war und entschied sich dazu, als Näherin in Heimarbeit zu arbeiten. Damit war sie zu Hause, verdiente dennoch Geld dazu und konnte sich um ihre pflegebedürftige Mutter kümmern. Am Tag war sie für ihre Mama, die Enkelkinder, den Haushalt und das Grundstück da. In der

Nacht nähte sie meistens bis in die frühen Morgenstunden. Ihr Mann Werner war immer häufiger mehr als zwei Wochen als Busfahrer in ganz Europa unterwegs.

Sie gab alles und vergaß nebenbei all ihre eigenen Wünsche, Bedürfnisse und Träume.

Sie war eine lebenslustige Frau, lachte und feierte sehr gern. Doch das alles wurde ihr vom Ehemann untersagt. Ja, sie funktionierte so, wie man es von ihr erwartete.

Sobald sie ihrem Mann gegenüber nur einmal den Wunsch äußerte, dass sie auch einmal eine Auszeit benötigte, ist sie damit auf heftigen Widerstand gestoßen. Sie fühlte sich mehr und mehr wie eingesperrt im eigenen Haus. Sobald er zu Hause war und sie kam nur ein paar Minuten später vom Einkauf, gab es deshalb schon Ärger. Es kam soweit, dass er ihr verboten hatte, sich in irgendeiner Art zu amüsieren. Er erlaubte ihr nicht einmal mit einer Nachbarin in ein Kino zu gehen. Uschi nahm alles hin und gehorchte. 2002 verstarb Uschis Mutter.

Von diesem Tag an war ihr Haus so leer und verlassen. Um über ihre große Trauer hinweg zu kommen, begann Uschi damit, größere Renovierungsarbeiten am und im Haus allein, ohne ihren Mann, zu übernehmen.

Sie tapezierte, verlegte neue Fußböden und erneuerte den Farb-anstrich an Fenster und Türen. Doch all das half ihr auf Dauer nicht, mit der Einsamkeit klar zu kommen.

Sie stürzte in ein tiefes Loch und suchte Zuflucht beim Teufel Alkohol. Anfangs trank sie nur am Abend, um besser einschlafen zu können, später auch am Tag, um ihre Einsamkeit zu ertragen. Sie ging jeden Tag zum Friedhof an das Grab ihrer Eltern. Das Bedürfnis, sich um Jemanden kümmern zu müssen, war zu stark in ihr.

Nachdem Uschi einige alkoholbedingte Abstürze ihr Eigen nen-nen durfte, klingelten bei ihrem Mann Werner die Alarmglocken. Ihre Ehe hatte das Ende erreicht. Die gemeinsamen Kinder schränkten den Kontakt zu ihr, nur auf das Nötigste, ein. Sie konnten nicht verstehen, wieso ihre Mutter sich so verhielt. Die Familienverhältnisse waren komplett zerrüttet.

Nachdem ihr das alles in einem lichten Moment klar wurde, holte sie den Familienrat ein. Sie beorderte ihren Mann und ihre Kinder zu einem Gespräch. Jeder wusste, so kann es nicht weitergehen! Ihr Mann erklärte sich dazu bereit, sich einen neuen Job zu su-chen, in dem er wieder jeden Tag zu Hause ist. Er wurde fündig und begann als Kraftfahrer in einer Brauerei zu arbeiten und be-lieferte die Kundschaft im Heimservice.

Alle zusammen versuchten, wieder ein vernünftiges Familienleben zu führen. Uschi verbrachte viel Zeit damit, moderne Kleidung für sich, ihre Kinder und Enkelkinder selbst zu entwerfen. Dazu spezialisierte sie sich auf das Nähen von modernen Gardinen für die gesamte Familie.

Sie hatte damals damit den Absprung vom Teufel Alkohol schnell geschafft und war ihrer Familie dafür auch sehr dankbar.

Ihrem Mann hingegen bekam dieser neue Job in der Brauerei nicht. Er war es seit Jahren nicht gewohnt, dass er jeden Abend zu Hause bei seiner Frau saß. Er vermisste die Freiheiten, sein Bierchen ohne Kontrolle trinken zu können und Spaß zu haben, ohne dass seine Frau dabei war.

Immer häufiger gab es erneut große Meinungsverschiedenheiten zwischen Uschi und ihrem Mann.

Ihr großer Wunsch wäre es gewesen, dass sie zusammen mit ihrem Mann Tanzveranstaltungen besuchen, mit ihm zusammen einfach nur Spaß haben könnte und sie sehnte sich nach Zärtlichkeit und Sex. Doch darauf hat sich ihr Mann Werner nicht eingelassen. Er vergnügte sich in seiner Freizeit lieber allein am Stammtisch.

Im Jahre 2008 erkrankte ihr Mann an Leberkrebs. Ein erneuter Alptraum wurde für Uschi Realität. Wieder durchlebte sie Jahre der Hölle, wieder war sie als Pflegekraft vierundzwanzig Stunden am Tag tätig. Sie funktionierte für ihren todkranken Mann und fühlte sich dafür ihren Kindern gegenüber verpflichtet. Werner war der Vater ihrer Kinder, ihr Pflichtbewusstsein überwiegte. Sie ging mit der Krankheit ihres Mannes mehr als drei Jahre aufopferungsvoll durch die Hölle.

Im Sommer 2011 verstarb ihr Mann Werner im Beisein der gesamten Familie in Uschis Armen.

Uschi veränderte sich von diesem Tag an sehr. Jetzt war sie allein und musste ihren Tagesrhythmus für sich völlig neu strukturieren. Sie wurde ihren Kindern gegenüber sehr bestimmend und sobald etwas nicht nach ihren Vorstellungen ablief, wurde sie verbal aggressiv.

Sechs Monate nach dem Verlust ihres Ehemannes, las Uschi zufällig ein Inserat in ihrer Tageszeitung. Das Hotel Sonnenblick in Bad Staffelstein / Schwabthal machte Werbung mit einem Hinweis zu dem dazugehörigen Tanzlokal Tanztenne. Dieses Inserat brachte sie dazu, dass sie sich all ihren Mut zusammennahm, um da ein paar Tage ganz allein auszuspannen. Der Veranstalter des Tanzlokales hatte damit geworben, dass es jeden Donnerstag, Freitag und Samstag ab 19:00 Uhr Tanzveranstaltungen in einer netten Atmosphäre mit Live-Musik gibt. Das wollte Uschi nur einmal miterleben. Ihr bevorstehender siebzigster Geburtstag sollte der Anlass dazu sein, ihr Leben ab sofort so zu leben, wie sie es möchte.

Gesagt, getan! Uschi reiste eine Woche nach ihrem siebzigsten Geburtstag für acht Tage nach Bad Staffelstein.
Sie gönnte sich einen Tag zur Entspannung in der Obermain Therme, besuchte den Naturpark Fränkische Schweiz und interessierte sich für das Korbstadtmuseum Michelau. Das Weltkulturerbe in Bamberg war der krönende Abschluss ihrer ersten Tage in Bad Staffelstein. Ab Donnerstag konnte sie sehen, dass viele Singles in allen Altersgruppen, ob männlich oder weiblich, im Hotel Sonnenblick anreisten. Sie machte sich darüber keine Gedanken.
Am späten Nachmittag bereitete sie sich auf ihren ersten Abend im Tanzlokal Tanztenne vor. Sie schminkte sich, zog ein sehr figurbetontes Kleid an und natürlich dazu die passenden Tanzschuhe. Sie wollte an diesem Abend Spaß haben, sich ausleben und lachen. Uschi war zu dieser Zeit eine äußerst attraktive ältere Frau, die sich sehen lassen konnte.

Es dauerte nicht lange, dass sie von einem Mann zum Tanz aufgefordert wurde. Das gefiel Uschi. Elegant schwebte sie mit den verschiedenen Tanzpartnern über das Parkett. Sie machte sich keinerlei Gedanken darüber, dass sehr viele Männer auf sie ein Auge geworfen hatten. Sie genoss es, an diesem Abend begehrt zu werden, ohne jegliche Absichten. Uschi fühlte in sich eine Art Befreiung, befreit von ihrem bisherigen Leben.

Sie verabredete sich mit einigen Tanzpartnern für den kommenden und den übernächsten Abend. Das Schicksal nahm seinen Lauf. Uschi war wie ausgewechselt, sie beschloss von nun an regelmäßig am Wochenende nach Schwabthal zum Tanz zu fahren. Sie sagte sich:

„Uschi, wenn nicht jetzt, wann dann?"

Und so kam es. Jeden Freitag putzte sich Uschi heraus und fuhr mit dem Auto nach Bad Staffelstein. Sie gehörte in kürzester Zeit zu den Stammgästen im Hotel und im Tanzlokal. Sie war wie ausgewechselt, das entging natürlich auch ihren Kindern nicht. Anfangs glaubten sie, es wäre nur eine vorübergehende Phase, doch Uschi hielt daran fest, jedes Wochenende zu feiern. Wie sie selbst sagte, hatte sie das erste Mal in ihrem Leben Menschen getroffen, die wie sie denken. Menschen, die ebenfalls ihr Leben schon hinter sich hatten und nur noch Spaß suchten.

Nur einen Monat später lernte sie den gutaussehenden Fred kennen. Er war ein sehr netter, zuvorkommender Mann und ein wundervoller Tänzer. Fred war einundsechzig Jahre alt, verheiratet, hatte zwei erwachsene Söhne und war von Beruf Immobilienmakler.

Seinen Hauptwohnsitz hatte Fred zusammen mit seiner Frau in Kulmbach. Sie verbrachte mit ihm einen wundervollen Abend, die Zuneigung zu Fred war so groß, dass er am nächsten Morgen in Uschis Hotelzimmer erwachte. Sie bereute ihr Handeln nicht, ganz im Gegenteil, sie wollte mehr davon!

Fred und Uschi verabredeten sich für die darauffolgende Woche dazu, den Abend erneut im Tanzlokal und die Nacht zusammen in diesem Hotel zu verbringen. Es verging bis dahin kein Tag, an dem die Beiden nicht zusammen telefonierten. Er erzählte ihr, dass seine Ehe schon lange kaputt wäre, jeder lebt nur sein Leben. Es stellte sich heraus, dass Fred sehr wohlhabend war, aber das spielte für Uschi keine große Rolle. Ihr war es nur wichtig, geliebt zu werden und Spaß am Leben zu haben. Fred erkannte das sehr schnell, auch er hatte danach große Sehnsucht. Er schenkte ihr ein Übermaß an Respekt und Wertschätzung, genau das, was Uschi so dringend brauchte.

In den darauffolgenden Wochen wurde die Sehnsucht für Beide unerträglich. Fred begann damit, Uschi ein bis zweimal in der Woche sie in ihrem Haus zu besuchen. Für ihn war es aufgrund seines Berufes eine Leichtigkeit, auswärtig zu übernachten. Uschi kochte dann für die Beiden etwas Leckeres, Besuche ihrer Kinder und Enkelkinder blockte sie an diesen Tagen komplett ab. Sie genoss jede Minute, die sie mit Fred zusammen sein konnte. Er schenkte ihr so viel Zärtlichkeit und weckte in ihr damit Gefühle, die sie so nie in ihrem Leben kannte. Uschi erkannte sich selbst nicht wieder. Alles drehte sich nur noch um ihren Liebhaber Fred. Es kam soweit, dass sobald ihre Kinder mit dem Auto an Uschis Grundstück fuhren und Freds Jaguar in der Einfahrt stand, sie sich nicht trauten ihre Mutter zu besuchen.

Uschi und Fred führten mehr als vier Jahre ein sehr erfüllendes Verhältnis und feierten in wilden Orgien das Leben in ihrem Haus. Ab und an verreisten sie für ein paar Tage zusammen und ließen es sich so richtig gut gehen. Bis zu einem Tag im Juli 2016. Fred war wie gewohnt zu ihr gekommen, um mit ihr eine unvergessliche Nacht zu verbringen. Uschi hatte lecker gekocht, alles war wie immer. Die Nacht war sehr aufregend für beide. Am Morgen kuschelte sie sich fest an Fred und hatte vor, ihn mit ein paar Zärtlichkeiten zu wecken um danach mit ihm entspannt frühstücken zu können. Dann, plötzlich geschah es, sie bemerkte, dass von ihm keinerlei Regung mehr kam. Uschi wusste nicht was geschah. Fred lag tot in ihrem Bett. Völlig geschockt lief sie nach unten und rief sofort ihre Tochter Ramona an, sie sollte doch bitte gleich kommen, Fred würde tot in ihrem Bett liegen! Sie selbst war nicht handlungsfähig diesbezüglich, um alles Nötige in die Wege zu leiten.

Sofort kam ihre älteste Tochter zu ihr. Freds Jaguar stand wie immer in Uschis Einfahrt. Sie überzeugte sich davon, dass ihre Mutter die Wahrheit sagte und tätigte sofort den Notruf. Innerhalb von drei Minuten standen die Sanitäter und der Notarzt in Uschis Schlafzimmer. Leider mussten sie Uschis Verdacht, dass Fred verstorben war, bestätigen. Erste Untersuchungen hatten ergeben, dass Fred an einem plötzlichen Herzstillstand verstorben war.

Nun ging es an die Formalitäten für den Totenschein. Uschi stand unter Schock und konnte keine Angaben zu Freds Personalien machen. Ihre Tochter wusste keine Einzelheiten über ihn. Sie nahm Freds Autoschlüssel und hoffte, im Fahrzeug private Papiere zu seiner Identität zu finden und sie wurde fündig. Anhand des Führerscheines konnte die hinzugeholte Polizei seine Frau vom plötzlichen Tod ihres Mannes in einem fremden Bett informieren.

Diese stand ebenfalls unter Schock. Sie glaubte, ihr Mann sei an diesem Tag in Berlin bei einem Geschäftskunden. Sie übergab die anstehenden Formalitäten sofort ihrem Sohn. Er musste nun eine Pietät beauftragen, um Fred in Bayreuth bei Uschi abzuholen. Dazu musste sein Jaguar ebenfalls zu seiner Frau gebracht werden. Am späten Abend war es dann so weit. Ein Leichenwagen hielt vor Uschis Haus. Fred wurde in einem noblen Sarg nach Kulmbach überführt. Seine beiden Söhne kamen ebenfalls mit zu Uschi, um sein Auto mitzunehmen. Sie erzählten ihr, dass ihr Vater seit mehr als zehn Jahren schon herzkrank war.

Dieses Erlebnis musste Uschi in den kommenden Monaten erst einmal verdauen. Sie konnte die ersten Wochen nicht in ihrem Bett schlafen und nächtigte dafür im Wohnzimmer auf der Couch. Ihr war es vorerst auch vergangen, ihr Leben zu genießen. Das alles war zu viel für Uschi.

In dieser Zeit diagnostizierte ihr Gynäkologe bei Uschi Brustkrebs im Anfangsstadium. Sofort wurde eine Behandlung mit Medikamenten und Bestrahlungen begonnen. Sie hatte Glück, die Behandlung hatte angeschlagen. Nach einem Jahr waren zur Kontrolluntersuchung keine Auffälligkeiten festzustellen.

Das alles brachte Uschi dazu, dass sie eine Einladung einer Bekannten, die sie damals im Tanzlokal Tanztenne kennengelernt hatte, anzunehmen. Wieder kribbelte es in ihr, sie richtete sich schön her und fuhr an einem Freitagabend ins etwa 60 km entfernte Bad Staffelstein, um zu feiern. Ihren Entschluss hatte sie damals nicht bereut. Sie tanzte den ganzen Abend mit den verschiedensten Männern und Frauen. Noch in der Nacht fuhr sie zurück in ihre Heimat. Jetzt war für sie der Zeitpunkt gekommen, ihr Leben wieder in vollen Zügen zu genießen. Sie sagte sich: „Wenn ich nur zu Hause sitze und Trübsal blase, kommt Fred auch nicht wieder zurück." Gesagt, getan. Von da an fuhr sie regelmäßig, entgegen der Ansage ihrer Kinder, sie sollte das doch bitte unterlassen, jeden Freitag punkt 18:00 Uhr zum Tanz und kam erst früh am Morgen wieder zurück.

Wie das Schicksal so spielt, lernte sie Joschi kennen. Er war ein sehr gut aussehender älterer Herr, Mitte sechzig, hatte eine top Figur und war ein unverwechselbar guter Tänzer. Joschi war Inhaber einer großen Baugesellschaft mit mehr als zweihundert Angestellten. Er hatte Baustellen in ganz Deutschland und war daraufhin sehr oft beruflich mehrere Tage unterwegs. Sie kamen sich näher. Auch er war verheiratet, hatte drei erwachsene Kinder und wohnte in Coburg. Uschi fackelte nicht lange und lud ihn für ein Wochenende zu sich nach Hause ein.

Dasselbe Spiel, wie schon mit Fred, begann von vorn. Sie kochte etwas Leckeres und danach verbrachte man die Abende und Nächte im Schlafzimmer mit einem guten Tropfen.

Obwohl der Kontakt zu ihm außerhalb vom Bettchen nicht so eng und regelmäßig war wie zu Fred, konnte sie nie von diesem Mann ablassen.

Joschi hatte ein separates Handy, von dem nur er wusste, welches er nur angeschaltet hatte, wenn er ganz allein war und ungestört mit seinen Liebschaften telefonieren konnte. Er steuerte sein Liebesleben nach seinen Bedürfnissen. Meistens meldete er sich ein paar Tage nicht bei Uschi, das machte sie noch wilder. Wie eine Besessene hat sie jeden Tag auf einen Anruf vom ihm gewartet. Alles drehte sich nur um Joschi. Ihre Kinder und Enkelkinder konnten zu dieser Zeit Uschis Verhalten nicht einschätzen. Jedes zweite Wort war Joschi! Sie merkte nicht, dass er nur mit ihr spielte und sie nur benutzte, wenn er einmal in ihrer Nähe war.

Die vorsorgliche Mutter und Oma drehte sich um 180 Grad. Sie wurde egoistisch und selbstsüchtig. Immer wieder hat sie ihren Kindern vorgehalten, dass SIE ja in den letzten Jahren sich immer nur um alles kümmerte und niemals ihre eigenen Wünsche und Bedürfnisse leben durfte.

Uschi verhielt sich nicht nur wie eine Zwölfjährige, die sich gerade das erste Mal verliebt hatte, sie kleidete sich auch so!

Die Familie machte sich große Sorgen um Uschi. Sie magerte immer mehr ab. Dazu trank sie wieder viel Alkohol. „Ein Gläschen

Sekt", wie Uschi immer sehr bestimmend dazu sagte, kann Keinem schaden. Es wurde immer schwieriger, mit ihr auszukommen. Sobald sich ihre Kinder oder Enkelkinder telefonisch meldeten, nahm sie das Gespräch nur an, wenn sie es wollte. Kam es dann dennoch dazu mit ihr zu sprechen, eskalierte jede Art von Unterhaltung.

An einem Wochenende im Juli 2018 hatte Uschi es nicht mehr ausgehalten, dass sie von Joschi schon länger als drei Wochen nichts hörte. Sie beschloss daraufhin spontan, in der Hoffnung er würde in das Tanzlokal Tanztenne kommen, für vier Tage nach Bad Staffelstein zu fahren. Ihren Kindern sagte sie von ihrem Vorhaben kein Wort. Sie buchte telefonisch ein Doppelzimmer, packte ihre Kleider, Schuhe, den passenden Schmuck und edle Dessous ein und fuhr Hals über Kopf los. Dass sie einen Tag später zur Geburtstagsfeier ihrer ältesten Tochter Ramona eingeladen war, interessierte sie nicht.

Schon als Uschi losfuhr, streifte sie den Gartenzaun an der Ausfahrt ihres Grundstückes so sehr, dass an der rechte Seite ihres Autos, welches erst zwei Jahre alt war, vom vorderen zum hinteren Kotflügel, mehrere dicke Kratzer zu sehen waren. Auch, dass ihr Zaun einen Schaden nahm, interessierte sie nicht. Ohne sich um den Schaden zu kümmern, ignorierte sie diesen Vorfall.

Nachdem Uschi, da sie sich mehrfach verfahren hatte, geschlagene zwei Stunden für die 60 km Entfernung benötigte, kam sie erwartungsvoll in Bad Staffelstein im Hotel Sonnenblick an. Schon am Check-in erwähnte sie mehrmals, dass ihr „Lebenspartner" Joschi in Kürze nachkommen würde. Sie bezog ihr Doppelzimmer und öffnete sich sofort eine Flasche Sekt. Nachdem sie zwei Gläser wie Wasser getrunken hatte, machte sie sich frisch und begab sich in ihre geliebte Tanztenne. Es waren schon einige Gäste anwesend, darunter auch viele, ihr mittlerweile bekannte, Stammgäste. Sie kam mit Einigen zu einem Glas Sekt ins Gespräch. Durch die Blume erkundigte sie sich nach Joschi, doch kaum einer der Gäste konnte ihr eine aussagekräftige Antwort zu seinem Aufenthalt sagen. Uschi tanzte an diesem Abend mit den verschiedensten Männern, für die sie sehr interessant rüberkam. Joschi hingegen erschien nicht. Sie hoffte, dass es am kommenden Tag ein Wiedersehen geben würde.

Ihre älteste Tochter fuhr an diesem Freitag wie besprochen zu ihr, um sie zu ihrer Geburtstagsfeier abzuholen. Sie wunderte sich, dass ihre Mutter nicht wie all die Jahre gewohnt, ihr schon früh am Morgen telefonisch gratuliert hatte.
Sie fuhr in die Einfahrt ihrer Mutter und musste mit Entsetzen den ramponierten Zaun sehen. Dazu ist ihr nicht entgangen, dass

die Garage leer war. Nachdem sie mehrmals an ihrer Tür geläutet hatte und niemand öffnete, versuchte sie, ihre Mutter telefonisch zu erreichen. Doch Uschi nahm dieses Telefonat nicht an, sie war gerade damit beschäftigt, sich für den bevorstehenden Tanzabend zurecht zu machen. Erst eine halbe Stunde später hat sie dann ihre Tochter zurückgerufen. Ohne ihr zum Geburtstag zu gratulieren, meckerte sie mit den Worten: „Was willst du?" sofort los. Ihre Ramona war völlig schockiert. Sie erlaubte sich dann die Frage, wo sie doch sei, sie steht vor ihrem Haus und möchte sie wie besprochen, abholen. Uschi meinte nur dazu: „Ich bin nicht da und zur Feier komme ich auch nicht, ich lasse mir nicht vorschreiben, was ich zu machen habe!"

Diese Ansage zog ihrer Tochter den Boden unter den Beinen weg. Sie verstand nicht, was gerade mit ihrer Mutter passierte und fuhr zurück nach Hause, wo schon einige Geburtstagsgäste auf die beiden Frauen warteten. Schwer enttäuscht versuchte sie die Situation mit einer Ausrede zu retten. Sie erklärte, dass es ihrer Mutter an diesem Tag nicht gut ging und sie leider nicht zum Feiern kommen würde. Erst am späten Abend erzählte sie den engsten Familienmitgliedern was passiert war. Daraufhin waren sich alle einig, dass in den nächsten Tagen der Familienrat zusammentreffen müsste, um zusammen mit Uschi ein klärendes Gespräch zu führen.

Uschi verbrachte den Abend wieder in der Tanztenne mit ein paar Bekannten. Hoffnungsvoll sah sie den ganzen Abend zur Tür, doch Joschi kam nicht. So auch an dem darauffolgenden Samstag. Ein paar Flaschen Sekt trösteten sie, dieses Wochenende zu überstehen.

Schwer enttäuscht von diesem Wochenende fuhr Uschi am Sonntag nach dem Motto: „Außer Spesen nix gewesen", wieder nach Hause. Die Rückfahrt endete mit einer weiteren kleinen Schramme am Auto. Beim Einparken in die Garage übersah sie einen ihrer geliebten Blumenkübel.

An diesem Abend ging Uschi sehr früh schlafen. Das anstrengende Wochenende steckte ihr in den Gliedern. Sie hatte starke Beschwerden in der Wirbelsäule. Zwei Tage später kam aus heiterem Himmel ein Anruf von Joschi, sie war aus dem Häuschen. Auf die Nachfrage hin, wo er denn am vergangenen Wochenende gewesen sei, bekam sie keine Antwort. Stattdessen heizte er sie am Telefon so richtig auf. Er versprach, einen Tag später zu ihr zu kommen und erzählte von seinen Wünschen über das, was er dann alles so Nettes mit ihr im Schlafzimmer erleben möchte. Uschi flippte aus am Telefon, lachte und wieherte, dass selbst die Nachbarn davon Kenntnis nahmen. Aber auch das interessierte Uschi nicht. Gleich am nächsten Tag ging sie für Joschi einkaufen. Sie hatte vor, wieder etwas Leckeres zu kochen. Dazu besorgte sie einige Flaschen Sekt, sie wusste ja, die Nacht wird lang und aufregend. Ein paar Schmerztabletten ließen sie ihre Schmerzen im Kreuz vergessen.

Joschi kam pünktlich gegen 17:00 Uhr wie verabredet. Der Abend verlief wie sich Uschi ihn gewünscht hatte. Erst wurde romantisch zu Tisch gesessen, dann ließ sie ein nettes Bad ein und danach verzogen sich die Beiden mit ein paar Flaschen Sekt in Uschis Schlafzimmer.

Uschi befand sich in einer Art Ausnahmezustand. Wie von Geisterhand geführt, durchlebte sie zusammen mit Joschi eine erfüllte Nacht, die erst in den frühen Morgenstunden endete.

Nachdem gegen Mittag Joschi mit einem Sack voll leerer Versprechungen Uschis Haus wieder verlassen hatte, kam nur eine Stunde später ihre jüngste Tochter Maria unverhofft und unangemeldet zu ihrer Mutter. Das gefiel Uschi nicht, noch schwebte sie im siebenten Himmel. Schnippisch und schon fast etwas frech, begrüßte sie ihre Tochter. Maria war entsetzt als sie den Zustand des Hauses sah. Es war nicht zu übersehen, dass es in der letzten Nacht eine wilde Party gab. Kurz und knapp teilte sie ihrer Mutter mit, dass die gesamte Familie in zwei Tagen zum Kaffee trinken vorbei kommen würde, um ein klärendes Gespräch über ihren derzeitigen Zustand zu führen. Uschi meinte nur: „Da gibt es nichts zu besprechen und verwies ihre Tochter zum Ausgang des Hauses.

Dann kam der Tag der Wahrheit. Uschis Töchter Ramona und Maria standen in Begleitung ihrer Ehemänner und ihrer erwachsenen Kinder vor Uschis Tür. Kleinlaut öffnete sie und bat ihre kleine Familie ins Haus. Nachdem sich alle acht Gäste wie gewohnt im Wintergarten mit Uschi platziert hatten, stand ihre Tochter Maria auf und ging in die Küche, um Kaffee für alle zu kochen, legte den mitgebrachten Kuchen auf eine Platte und deckte den Kaffeetisch, eine ihrer Töchter ging ihr zur Hand. Uschi saß da und sagte kein Wort. Nachdem alle mit Geschirr, Kaffee und Kuchen versorgt waren, stand Uschi auf und ging sehr provozierend in die Küche und holte sich ein Glas Sekt. Ramona fragte sie, ob es etwas zu feiern gäbe. Uschi antwortete mit „ja", ich habe den Mann fürs Leben gefunden. Den Familienangehörigen blieb vor Schreck der Kuchen im Halse stecken. Sofort reagierte Maria mit der Aussage: „Womit wir beim Thema wären!" Damit hatte Uschi nicht gerechnet. Ihre Töchter stellten ihr eine Frage nach der anderen.

Als erstes wollten sie wissen, wo die vielen Schäden am Auto herkommen und wer der Verursacher war, der ihren Gartenzaun beschädigt hatte. Uschi wusste von nix, sie stellte sich dumm und konnte oder wollte darauf keine Antwort geben.

Als zweites wollte die Familie wissen, wieso Uschi wieder so oft zur Flasche greift, auch darauf gab es keine Antwort. Sie stritt es ab, dass sie viel Alkohol benötigte. Ein Blick in ihren Kühlschrank und in ihre Vorratskammer sagte aber etwas anderes.

Als drittes wollten die Töchter wissen, was es nun mit diesem mysteriösen Joschi auf sich hat. Plötzlich begann Uschi von ihm, in den höchsten Tönen an zu schwärmen. Ihre Familie hörte ihr zu und jeder machte sich sein eigenes Bild von diesem Herrn. Sobald jemand nur ein kleines Wort gegen Joschi äußerte, wurde sie laut und ungehalten.

Nun sprach Ramona im Namen der gesamten Familie zu Uschi. Sie machte ihr verständlich, dass es so nicht weitergehen kann. Sie versuchte ihr in dieser angespannten Situation verständlich zu machen, dass sich die gesamte Familie große Sorgen um sie machte. Doch das prallte an Uschi ab. Wieder ging sie in die Küche, um sich erneut ein Glas Sekt zu holen. Danach fragte sie ihre Kinder, ob das nun alles war, denn sie wartete auf einen wichtigen Anruf von Joschi. Er wollte ihr angeblich mitteilen, wann er ihr Auto zum Reparieren abholen möchte. Und wann ein Handwerker vorbei kommen würde, um ihren Gartenzaun zu reparieren. Jetzt wussten alle, dass mit Uschi irgendetwas nicht stimmen kann. Sie waren sich einig, dass sie diese Gesprächsrunde beenden. Damit war Uschi ebenfalls freudestrahlend einverstanden.

Ihre Familie hat ratlos, ohne sich zu verabschieden, das Haus verlassen. Joschi hat sich natürlich wie schon gewohnt, in den nächsten Tagen nicht gemeldet. Uschi erging es von Tag zu Tag schlechter. Ihre Schmerzen an der Wirbelsäule wurden immer heftiger. Es kam soweit, dass sie nicht aus dem Bett aufstehen konnte. Dazu hatte sie große Schmerzen an der linken Halsschlagader und bekam nur schwerlich Luft. Uschi versuchte, ihre Tochter Ramona telefonisch zu erreichen und schilderte ihr unter Anstrengung ihre missliche Lage.
Sofort fuhr ihre Tochter zu ihr und öffnete mit dem Hausschlüssel, den sie nur im Notfall benutzen durfte, die Tür und rannte zu ihrer Mutter ins Schlafzimmer. Nachdem sie sich davon überzeugt hatte, dass Uschi die Wahrheit sagte, rief sie sofort einen Notarzt. Er veranlasste, dass Uschi in ein Krankenhaus gebracht wurde. Nach unzähligen Untersuchungen stellte sich heraus, dass Uschis Blutwerte miserabel waren und man stellte eine niederschmetternde Diagnose. Uschis Brustkrebs war im fortgeschrittenen Stadium zurückgekehrt. Ein Tumor in ihrer linken Brust drückte bereits auf ihre Halsschlagader. Dazu hatten sich bereits

mehrere Metastasen an ihrer Wirbelsäule gebildet. Eine unumgängliche Operation wurde für den kommenden Tag angesetzt. Darüber hinaus informierte der behandelnde Arzt Uschi darüber, dass es dringend anzuraten wäre, nach dieser Operation eine Chemotherapie zu beginnen.

Da zu diesem Zeitpunkt noch keine gültige Betreuungsverfügung für den Notfall bestand, nutzte Uschi die ärztliche Schweigepflicht zu ihrem Vorteil und untersagte den Ärzten, ihre beiden Töchter über die genaue Diagnose und Prognose in Kenntnis zu setzen. Sie durften nur wissen, dass sie ein Rezidiv habe und sie sich einem operativen Eingriff unterziehen muss. Uschi spielte mit dem Feuer, aber es war ihre alleinige Entscheidung! Mit dem Argument, sie habe noch viel vor in ihrem Leben, lehnte sie eine Chemotherapie mit allen ihren Folgen konsequent ab, lediglich einer Anschlussheilbehandlung stimmte sie zu.

Nach zwei Wochen Krankenhausaufenthalt konnte Uschi entlassen werden, um für drei Wochen zu einer Reha-maßnahme zu fahren. Die Ärzte hatten es mit ausführlichen Aufklärungsversuchen nicht geschafft, sie davon zu überzeugen, einer Anschlussbehandlung zuzustimmen. Uschi war es bewusst, dass ihre Lebenserwartung damit stark sinken würde. Dieses Geheimnis bewahrte sie für sich allein.

In dieser Zeit konnte sie auf die Unterstützung der gesamten Familie zählen. Plötzlich konnte sie auf den Teufel Alkohol gänzlich verzichten. Nicht nur ihre Blutwerte besserten sich von Tag zu Tag, nein auch Uschi schien ihren Verstand wieder zu haben. Ihre Familie konnte mit ihr wieder normale Gespräche führen. Leider wussten sie nicht, dass Uschi ihnen nur die halbe Wahrheit über ihren Gesundheitszustand erzählt hatte. Sie standen alle zu ihr und versuchten für sie das Leben nach der Anschlussrehabilitation zu Hause etwas angenehmer zu gestalten. Maria, ihre jüngste Tochter, übernahm alle nötigen Formalitäten dazu. Sie beantragte einen Behindertenausweis und einen Pflegegrad für Uschi. Dazu bereitete sie alle notwendigen Unterlagen für eine Betreuungsverfügung und für eine Patientenverfügung vor. Uschi hatte sich mit dem Hinter-gedanken, diese Verfügungen nie in Anspruch nehmen zu müssen, bereit erklärt, dass ab sofort ihre beiden Töchter im Notfall ihre Betreuung übernehmen und für sie wichtige Entscheidungen treffen durften.
Ende September 2018 wurde Uschi aus der Rehabilitation nach Hause entlassen. Alles deutete darauf hin, dass sie sich gefangen hatte und es vorzog, ihr altes solides Leben wieder zu führen.

Über den bewilligten Pflegegrad bekam sie einmal wöchentlich eine Reinigungskraft genehmigt, die sich um die Sauberkeit in ihrem Haus kümmerte. Die nötigen Einkäufe übernahmen ihre Kinder, ebenso die Reinigung ihrer Wäsche. An den Wochenenden holte ihre Töchter sie zum Mittagessen zu sich. Unter der Woche brachten sie abwechselnd Essen für ihre Mutter, welches sie sich nur in der Mikrowelle aufwärmen musste.

Ihre Kinder nutzten die Gunst der Stunde, dass Uschi zu dieser Zeit nicht mehr mit ihrem Auto selbstständig fahren sollte. Ihr Gesundheitszustand war noch lange nicht stabil. Auch wenn es zu dieser Zeit nicht gerade die feine englische Art war, aber sie sagten ihr, der Autoschlüssel sei nicht auffindbar. Anfangs gab sie sich mit dieser Aussage zufrieden. Sie war der festen Überzeugung, ihr Autoschlüssel würde schnell wiedergefunden werden. Zur Krankengymnastik, den Massagen und Arztbesuchen begleitete sie regelmäßig ihre Tochter Maria.

Die Rundumversorgung von Uschi war gesichert. Ihre Kinder setzten alles daran, dass es ihr zu Hause sehr gut erging.

Alles lief die ersten vier Wochen zur Zufriedenheit aller Beteiligten. Dann mussten ihre Töchter des Öfteren feststellen, dass Uschi vergesslich wurde. Sie vergaß, ihr bereitgestelltes Mittagessen aufzuwärmen, dieses stand dann meistens Tage noch im Kühlschrank. Von wichtigen Arztterminen wusste sie nichts mehr. Ihre Einkaufsliste wurde immer kürzer und sie benötigte innerhalb kürzester Zeit fast keine Lebensmittel mehr. Wieder magerte sie ab. Dann sperrte sie sich selbst aus ihrem Haus aus und irrte ziellos im Wohngebiet umher. Ein anderes Mal verlegte sie ihre Geldbörse, ihr Handy und ihre gesamten Papiere. Sie veränderte sich wieder stark. Ihren Töchtern gegenüber erzählte sie, dass ihre Putzhilfe immer, wenn sie im Haus ist, viel Alkohol trinken würde und ständig zum Rauchen nach draußen gehen würde. Maria kümmerte sich um diese Vorwürfe und machte einen Gesprächstermin bei dem zuständigen Unternehmen. Es war das erste Mal, dass diese Art von Meldungen über diese junge Frau den Chef erreicht hatte. Sie war für ihn schon länger als zehn Jahre tätig. Er führte mit seiner Angestellten daraufhin ein Gespräch. Von all den Vorwürfen die Uschi vorbrachte, stimmte keine Silbe. Jedoch war das Arbeitsklima für die junge Frau damit gestört und sie bekam eine andere Stelle zugewiesen. Bei Uschi sollte daraufhin eine andere Putzfrau tätig sein. Mit dem Argument, sie sei wieder fit genug, ihren Haushalt allein führen zu können, lehnte sie dieses Angebot dankend ab. Sie hielt daran fest, dass keine fremde Frau mehr in ihr Haus zum Putzen kommen würde. Sie bestand ebenfalls darauf, dass sie ihre Einkäufe wieder selbst erledigen würde. Ihre lautstarke Ansage an ihre Töchter, dass sie sich von ihnen kontrolliert fühlte, löste einen heftigen Familienstreit aus. Für ein paar Tage war absolute Funkstille, ihre Töchter wussten mit ihr nicht mehr weiter. Jede Hilfe, die sie ihr zukommen ließen, schlug sie aus. Sie lebte wieder in einer anderen Welt. Der Grund dafür wurde schnell bekannt. Nach vielen Monaten hatte sich Joschi bei ihr wieder telefonisch gemeldet. Sie erzählte ihm von ihrer schweren Krebserkrankung keine Silbe. Nur, dass sie zu einem Kuraufenthalt war. Joschi heizte ihrer Gefühlswelt am Telefon wieder so richtig ein. Er hatte es geschafft, dass alles, was ihre Töchter die letzten Monate aufgebaut hatten, innerhalb von Minuten wieder einriss. Nach diesem Telefonat ging Uschi kurzerhand einkaufen. Sie brauchte dringend Sekt, um sich auf den bevorstehenden Besuch von Joschi einen Tag später einzustimmen.

Danach hatte sie mit Ramona telefoniert und ihr eine klare Ansage gemacht, dass sie bitte am kommenden Tag nicht zu ihr kommen sollte, da sie sich mit Joschi vergnügen möchte. Nicht nur für Ramona war das Fass nun am Überlaufen. Auch ihre Schwester Maria war entsetzt.

Ihr Joschi, wie er sich selbst nannte, kam pünktlich zur privaten Liebesparty. Seinen richtigen Namen hatte Uschi nie erfahren. Er wollte nicht, dass sie ihn auf irgendeine Art und Weise kontaktierte. Wieder feierten die Beiden bis in die frühen Morgenstunden. Von diesem Tag an trank Uschi wieder regelmäßig Alkohol.

Nur dieses Mal versuchte sie einen Weg zu finden, dass es ihre beiden Töchter nicht merken. Sie kaufte im nahegelegenen Supermarkt einige Flaschen Sekt und versteckte diese im Haus. Auch das Leergut war sehr gut in der Restmülltonne versteckt. Sobald sie genug getrunken hatte, begann sie damit, ihre Töchter mit bösen Anrufen zu terrorisieren. Sie bestand dann darauf, dass sie ihren Autoschlüssel bekommen würde. Sie benahm sich, als steckte der Teufel in ihr.

Ramona und Maria waren am Ende mit ihrem Latein! Sie suchten sich Hilfe in einer Suchtberatung. Nur Uschi fand diesen Weg nicht gut, sie ignorierte alle guten Ratschläge. Mit der Aussage: „Ich lasse mir mein Leben von euch nicht vorschreiben, ich bin alt genug, um zu wissen, was ich zu tun habe und kontrollieren lasse ich mich gleich gar nicht von euch", forderte sie ihre Kinder immer wieder zu einem erneuten Streit heraus.

Nachdem sie in dieser Zeit auch noch mehrmals in der Woche einen hohen Geldbetrag von ihrer Bank abholte, der aber dann nicht mehr auffindbar war, zogen ihre Töchter die Reißleine. Sie stellten Uschi vor die Wahl, sich entweder freiwillig bei einem Psychologen vorzustellen oder ihre beiden Töchter würden sie in eine Psychiatrie zwangseinweisen. Das ließ Uschi aufwachen. Sie wusste genau, was passieren würde, wenn sie in eine Psychiatrie müsste.

Schlagartig änderte sich ihr Verhalten, aber nur bis zum nächsten Telefonat, was sie von Joschi erhielt.

Zum großen Glück war zu dieser Zeit gerade Maria bei ihrer Mutter. Als sie hörte, wer da gerade anrief, entriss sie ihrer Mutter den Telefonhörer und erklärte Joschi auf eine nicht so nette Art, dass er ihre Mutter bitte ab sofort in Ruhe lassen sollte, da sie schwer krank sei. Sie gab ihm keine Chance irgendetwas zu sagen. Bevor sie das Gespräch beendete, drohte sie ihm damit, wenn er noch einmal anruft, würde sie seine Ehefrau davon in Kenntnis setzen, dass er sie ständig betrügt! Und Ruhe war. Uschi wurde jähzornig zu ihrer Tochter, sie konnte nicht glauben, was da gerade passiert war. Das war Maria in dem Moment völlig egal.

Nur zwei Wochen später wurden Uschis Schmerzen, trotz starker Schmerzmittel, immer unerträglicher. Wieder wurde sie in ein Krankenhaus eingeliefert. Nach eingehenden Untersuchungen, einschließlich einer Computertomografie, um zu sehen, wie sich ihre Metastasen verändert hatten, hörte ihre Tochter das erste Mal davon, dass Uschi schon über ein Jahr mehrere Metastasen an der Wirbelsäule hatte und diesbezüglich eine Chemotherapie abgelehnt hatte.

Jetzt wurde ihrer Tochter so Einiges klar. Zur Befundbesprechung mit dem behandelnden Arzt, nahmen beide Töchter teil. Die Diagnose war niederschmetternd! Ihr Krebs hatte weiter gestreut, mittlerweile hatte Uschi unzählige Metastasen im Kopf und an der Leber.

Uschi nahm es hin, wie es war. Sie begriff nicht, was das für sie bedeuten würde. Für ihre beiden Töchter brach in diesem Moment die Welt komplett zusammen. Nur allein der Gedanke, dass sie erfahren mussten, dass ihre Mutter ihnen das alles verschwiegen hatte, machte sie fassungslos. Einen Tag später erhielten sie noch die Information, dass Uschis Laborwerte katastrophal waren. Ab diesem Tag verweigerte sie jegliche Art von Nahrungsaufnahme. Sie verlor immer mehr an Gewicht. Für eine Chemotherapie war es jetzt zu spät. Man hatte keine Chance mehr, den Krebs jetzt noch zu bekämpfen. Die Ärzte erklärten ihr und den Angehörigen, dass keine Heilung mehr möglich ist und man jetzt versuchen würde, ihre Symptome zu lindern. Uschi galt nun als palliative Patientin.

Nach vier Wochen stationärem Aufenthalt in einem Bayreuther Krankenhaus wurde sie kurz vor Weihnachten nach Hause entlassen. Bereits in der Klinik wurde ein ambulantes Palliativteam involviert, denn ihr großer Wunsch war es, an den Feiertagen in ihren eigenen vier Wänden zu sein. Ihre Tochter Maria kümmerte sich darum, dass wenn sie und ihre Schwester arbeiten mussten, eine Alltagsbetreuerin ganztags bei ihr war. In den Nächten waren ihre Töchter abwechselnd bei ihr. Sie organisierten ein Pflegebett und ließen es im Wohnzimmer aufstellen, dazu versuchten sie mit Essen auf Rädern ihre Mutter wieder zur Nahrungsaufnahme zu bringen, welches Uschi aber nie anrührte.

Ab Anfang Dezember wurde sie nur noch künstlich ernährt. Ein beauftragter Palliativpflegedienst kam mehrmals täglich zu ihr. Der zuständige Hausarzt war ebenfalls einmal pro Tag vor Ort.

Am Heiligen Abend waren alle Familienangehörigen bei ihr. Uschi versuchte sich bei ihrer Familie für ihr Verhalten in den letzten Jahren zu entschuldigen. Es fiel ihr schwer die Worte zu finden, stockend und nach Luft ringend, sagte sie: „Ich wollte doch nur einmal Leben in mir spüren und geliebt werden!"

Am ersten Weihnachtstag war Uschi nicht mehr ansprechbar, der hinzugezogene Arzt war der Meinung, dass der Sterbeprozess bereits zugange war.

Am zweiten Weihnachtstag 2018 schlief Uschi im Alter von 76 Jahren still und leise in den frühen Morgenstunden für immer ein.

Ruhe in Frieden!

Erna

Die wichtigsten Stationen in Ernas bisherigem Leben.

Erna wurde im Dezember 1939 als Tochter einer sehr wohlhabenden Fabrikantenfamilie im Raum Nürnberg geboren. Ihre Eltern waren Besitzer einer großen Weberei, damals mit mehr als dreihundert Beschäftigten, welche Leinenstoffe für die Herstellung von Bettwäsche und Handtücher produzierten.

Erna wuchs in einer großen Villa, mit einem großzügigen Park, in sehr strengen und geregelten Verhältnissen konservativ orientiert auf.

An ihrer Seite war ununterbrochen ein Kindermädchen, welches ihr strengen Gehorsam, Respekt und Anstand beibrachte. Liebe und Zuneigung von ihren Eltern bekam sie nie. Sie wurde von fremden Menschen und leider auch von anderen Kindern abgeschirmt. Ihre Mutter sah sie nur sehr selten. Ihr Vater war oft mehrere Tage aus beruflichem Anlass außer Haus. Ein strahlendes Kinderlachen suchte man bei Erna vergeblich.

An die Zeiten des 2. Weltkrieges kann sich Erna nur noch wenig erinnern. Ihr Elternhaus und auch die Firma wurden zum Glück von Bombenangriffen weitestgehend verschont.

Ostern 1945, kurz vor Ende des 2. Weltkrieges, wurde Erna eingeschult. Sie besuchte eine kleine Privatschule, in der es pro Schulklasse nicht mehr als sechs Kinder gab. Erna war eine Einzelgängerin, sie konnte mit anderen Kindern nichts anfangen. Wenn sie lustig spielten, stand sie nur dabei und sah teilnahmslos zu. Ab der fünften Klasse brachten ihre Eltern sie in ein Mädcheninternat in der Nähe von München. Nur zu den Feiertagen wie Weihnachten und Ostern oder in den Schulferien durfte sie für ein paar Tage nach Hause zu ihrer Familie, doch auch da kümmerte sich nur ein Kindermädchen um sie. Die Nachkriegszeit und die goldenen Fünfziger mit ihren vielen Wirtschaftswundern bescherten ihrer Familie ein noch größeres Vermögen, als es schon vorhanden war. Als Erna neunzehn Jahre alt war und ihr Abitur mit sehr gut bestand, musste sie in der Firma ihres Vaters eine kaufmännische Ausbildung und danach ein Studium absolvieren. Ihr wurde vorgegeben, dass sie, als einzige Tochter und Erbin, später einmal das Unternehmen übernehmen und eigenständig führen sollte.

Ihr Diplom als Kauffrau beendete sie mit Bestnoten.

Mitte der sechziger Jahre verstarb ihre Mutter nach langer schwerer Krankheit. Daraufhin wurde sie nach und nach als zweite Geschäftsführerin in das Fabrikleben ihres Vaters eingeführt. Zu dieser Zeit war es selten üblich, dass sich eine junge Frau als „Chefin" positioniert. Doch Erna hat sich durch ihre etwas kalt wirkende, unnahbare und dennoch einfache Art den Angestellten und Arbeitern gegenüber Respekt und Wertschätzung zugutekommen lassen. Die Männerwelt interessierte sie nicht. Für sie gab es nur ihre Arbeit.

Ende der sechziger Jahre lernte ihr Vater auf einer Messe in München Erwin kennen. Auch er war zusammen mit seinem Bruder Inhaber einer Weberei, die allerdings Stoffe für Gardienen produzierte. Er sah in Erwin nicht nur den perfekten Ehemann für Erna, sondern in erster Linie auch einen kompetenten Nachfolger für sein Unternehmen.
Er verkuppelte die Beiden regelrecht. Erwin hatte bei Ernas Vater einen sehr guten Stand. Er entsprach mit seinem geschäftlichen Wissen, Geschick und Handeln genau seinen Vorstellungen.

1971 heirateten Erna und Erwin. Liebe, Zuneigung, körperliche Kontakte oder Sexualität spielten in dieser Ehe nur eine untergeordnete Rolle. Sie führten eine Zweckehe. Es standen nur die Firma und der Gewinn im Vordergrund.

Erna bezeichnete sich selbst als „asexuale" Frau. Sie verspürte keinerlei sexuelle Anziehung ihrem Ehemann oder auch anderen Männern gegenüber. Ihr fehlendes Interesse an Sex oder ein vorhandenes Verlangen danach ließ sie in jeder Situation kalt und unnahbar wirken.

Erwin hingegen war ein sehr lebenslustiger Mensch. Sobald er geschäftlich unterwegs war, hatte er es immer genossen mit anderen Frauen zu feiern und sie zu lieben.

Erna wusste von Erwins Liebeleien außerhalb des heimischen Bettchens. Sie störte es nicht.

Wenn es dennoch in großen Abständen einmal zum Sex zwischen ihr und ihrem Ehemann kam, ließ sie diesen kurzen Akt gefühllos über sich ergehen.

Trotz alledem wurde Erna 1974 schwanger. Man stellte fest, dass sie Zwillinge erwarten würde. Im Dezember 1974 gebar Erna zwei gesunde Töchter.

Sofort wurde in dem Park, welcher zum Familienbesitz gehörte, für ihre kleine Familie eine große Villa errichtet. Erna strebte an, dass ihre Kinder Susanne und Bärbel genau wie sie, abgeschirmt von der Außerwelt, heranwachsen sollten. Auch sie sollten unter strengem Gehorsam heranwachsen und dennoch sollte es ihren

Kindern an nichts fehlen. Ein großer Spielplatz und ein nobles Schwimmbad, welches zu warmen und kalten Temperaturen genutzt werden konnte, gehörten natürlich mit dazu.

Vom ersten Tag, an dem die Zwillinge auf der Welt waren, kümmerten sich Kindermädchen um das Wohl der Kinder. Ein Gärtner, zwei Hauswirtschafterinnen und ein Hausmeister übernahmen alle anfallenden Arbeiten im und um das Haus.

Selbst ihrem eigenen Nachwuchs gegenüber konnte Erna weder Gefühle noch Zuneigung und Zärtlichkeit schenken.

Ihr Mann Erwin ging täglich in die Firma oder war auf Geschäftsreisen. Sie selbst begann nur zwei Monate nach der Entbindung als zweite Geschäftsführerin wieder an zu arbeiten.

Nur zwei Jahre später verstarb ihr Vater plötzlich und völlig unerwartet an den Folgen eines Herzinfarktes. Von diesem Tag an übernahm Ernas Mann Erwin die Geschäftsleitung. Es kam vor, dass weder Erna noch Erwin ihre Kinder tagelang nicht sahen.

Für sie gab es nur die Firma und den damit verbundenen Gewinn. Bis zu einem Tag im Februar 1979. Es war ein sehr schöner Wintertag. In dieser Nacht hatte es reichlich geschneit, gegen Mittag zeigte sich die Sonne in voller Pracht. Plötzlich erhielt Erna einen Anruf von ihrer Empfangsdame. Sehr aufgeregt teilte sie ihr mit, dass drei Polizeibeamte im Foyer des Hauses warteten, um bei Erna vorstellig zu werden.

Erna erschrak sich und wusste sofort, dass etwas Schlimmes passiert sein musste. Im ersten Moment dachte sie, es sei etwas mit ihrem Mann geschehen, da er zur Frühjahrsmesse in Italien verweilte.

Doch es kam anders. Die Beamten teilten Erna mit, dass ihre Tochter Susanne im Schwimmbad des Hauses ertrunken sei. Sie mussten ihr leider mitteilen, dass für das Kind jede Hilfe zu spät kam. Das Kindermädchen hatte den Vormittag mit den Zwillingen im Park verbracht, sie spielten Verstecken. Nachdem sie Susanne nach mehr als einer viertel Stunde nicht finden konnte, alarmierte sie das gesamte Hauspersonal und sie machten sich gemeinsam auf die Suche nach dem Kind. Der Hausmeister musste dann die schreckliche Enddeckung machen, dass die fünfjährige Susanne tot im Wasser lag. Sofort versuchte er sie wiederzubeleben, doch leider erfolglos. Auch der hinzugezogene Notarzt konnte nur noch den Tod von Susanne bestätigen.

Erna stand wie erstarrt vor den Polizeibeamten. Wie von Geisterhand geführt, nahm sie ihr Telefon und verständigte ihren Mann von diesem Unglück. Völlig teilnahmslos berichtete sie ihm, dass eine ihrer Töchter ertrunken sei und bat ihn, bitte sofort nach Hause zu kommen.

Erwin kümmerte sich um alle Formalitäten, die zum Ableben seiner Tochter gehörten. Susanne wurde in der edlen Familiengruft im engsten Familienkreis beerdigt. Trauer über den Verlust ihrer eigenen Tochter ließ Erna niemals zu. Sie wirkte von da an noch kälter und noch unnahbarer.

Nur eine Wochen nach diesem tragischen Unglück kehrte Erna wieder zur Tagesordnung über und führte zusammen mit ihrem Mann die Firma weiter.

Sie kündigte den beiden Kindermädchen und stellte für die Betreuung ihrer Tochter Bärbel neues Personal ein. Das machte Bärbel noch trauriger. Sie veränderte sich von Tag zu Tag. Sie war wie ihre verstorbene Zwillingsschwester ein sehr lebhaftes und lebenslustiges Kind. Doch nach dem tragischen Verlust von Susanne weinte sie fast den ganzen Tag und konnte nicht verstehen, dass ihre Zwillings-schwester nicht mehr bei ihr war. Im Gegensatz zu ihren sehr kalt wirkenden Eltern war Bärbel ein Kind, welches Nähe, Liebe und Zuneigung suchte und auch dringend brauchte.

Doch ihre eigenen Eltern ließen das alles nicht zu, sobald sie körperliche Nähe zu ihnen suchte, wehrten Erna und Erwin dies ab. Es war für die neuen Kindermädchen sehr schwer mit ihr nur ein Wort sprechen zu können oder sie zum Spielen zu animieren.

Im Alter von sieben Jahre wurde Bärbel eingeschult. Sie fühlte sich in ihrer Schulklasse nicht wohl, auch sie entwickelte sich immer mehr zur Einzelgängerin. Ihre Aufmerksamkeit galt nur den schulischen Aufgaben, Kind war sie seit dem Tod ihrer Schwester nie mehr. Der tragische Unglücksfall war in ihrem Elternhaus nie mehr ein Gesprächsthema, daraufhin wurde die Distanz zu ihren Eltern immer größer.

Bärbel hatte immer die besten Noten, auch später am Gymnasium war sie ohne Unterbrechung mit Abstand die beste Schülerin. Sie studierte Jura und wurde im Laufe der Jahre eine sehr gute Rechtsanwältin. Sie verliebte sich in einen Kollegen. Erst jetzt durfte sie die wunderschöne Erfahrung machen, wie es sich anfühlt lieben zu dürfen und geliebt zu werden. Die Beiden heirateten und bekamen im Jahre 1998 einen gesunden Sohn geschenkt, sie nannten ihn Ilias (Ilias ist Griechisch und bedeutet „der Sonnenschein"). Bärbels Leben verlief ganz anders als das ihrer Eltern. Körperliche Nähe und familiäre Wärme bestimmten ihren Alltag. Sie legte sehr viel Wert darauf, dass ihr Sohn wohlbehütet, aber dennoch weltoffen, erzogen wird. Dazu kündigte Bärbel ihren Job und kümmerte sich die ersten sechs Jahre, bis zur Einschulung ihres Sohnes, persönlich um dessen Erziehung. Erst danach begann sie wieder stundenweise bei einer Versiche-

rung als Rechtsberaterin zu arbeiten. Ihre Karriere als Rechtsanwältin war ihr nicht mehr so wichtig. Von ihrem Mann bekam sie
alle Unterstützung, die sie dazu benötigte.

Nachdem Ernas Ehemann im Jahre 1997 am Herzen sehr schwer
erkrankte und es für ihr Unternehmen keinen Nachfolger gab,
verkauften Erna und Erwin 1998 ihre sehr gut eingeführte Firma.
Sie zogen sich in den Ruhestand zurück.
Nur ein Jahr später verstarb Erwin. Auch jetzt ließ Erna kaum
Trauer zu.
Von dieser Zeit an holte Erna immer wieder die Einsamkeit ein.
Zwar hatte sie, so wie schon immer, genügend Personal im Haus,
doch die von nun an zu viele Freizeit machten sie zu einer noch
mehr verbitterten Frau.

Ihre Tochter Bärbel wohnte zusammen mit ihrer kleinen Familie
nur ein paar Gehminuten von Erna entfernt. Sie versuchte des
Öfteren, dass Erna ein paar Stunden auf ihren Enkelsohn auf-
passte und hatte sich damit erhofft, dass Erna etwas Ablenkung
bekam. Ilias war wahrhaftig ein großer Sonnenschein. Sobald er
einen Raum betrat, strahlte er Wärme, Liebe und Geborgenheit
aus. Ilias war ein außergewöhnliches kleines Wesen mit der Gabe,
eine gewisse Magie in die Herzen der Menschen zu zaubern. Sein

Lächeln und seine Augen waren der Anblick der puren Liebe, die alle Menschen in seinem Umfeld daran erinnert haben, mit welchem Glück seine Familie mit ihm doch gesegnet war.

Er schaffte es, selbst die verbitterte und sehr kalt wirkende Erna zu knacken. Bei seiner Anwesenheit konnte sie sogar lächeln.

Erna entdeckte das Vorlesen von Kinderbüchern für sich. Sie lernte Illias zu versorgen, wenn er krank war oder mit ihm im Sandkasten Sandburgen zu bauen.

Bärbel konnte des Öfteren erleben, dass sich ihr Sohn so richtig darauf freute, seine Oma zu besuchen.

Nach der Einschulung von Bärbels Sohn, begann sie in kleinen Schritten wieder, als Rechtsanwältin in einer großen Firma zu arbeiten und Erna kümmerte sich um ihren Enkelsohn, sobald Bärbel beruflich verhindert war. Sie holte ihn von der Schule ab, kochte für ihn und war an seiner Seite, wenn er seine Schulaufgaben erledigte.

Bärbel durfte jetzt erleben, was sie sich selbst und ihre verstorbene-Schwester Susanne so sehr von ihrer Mutter damals gewünscht hätten, als sie in diesem Alter waren.

Illias fühlte sich sehr wohl und behütet bei Erna. Nur das ehemalige Schwimmbad, welches zur Villa gehörte, durfte er nicht betreten. Oft fragte er auch nach dem verschlossenen Zimmer, welches gleich neben seinem Gästezimmer war. Erna erwischte Illias manchmal dabei, dass er heimlich durch das Schlüsselloch schaute und darin verschiedene Puppen und Kinderbücher sah. Auf sein Hinterfragen, was er gesehen hatte, bekam er nie eine Antwort.

Illias besuchte ab der sechsten Klasse das Gymnasium. Erst als Illias etwa fünfzehn Jahre alt war, hat Erna zusammen mit Bärbel ihm erzählt, dass seine Tante Susanne im Alter von fünf Jahren beim Verstecken spielen im Schwimmbad ertrunken war.

Er hatte wie schon seine Mutter Bärbel und sein Vater ununterbrochen Bestnoten. Mit achtzehn Jahren schloss er sein Abitur mit 1,2 ab und studierte Logistik. Nach seinem Studium durfte er in Japan für drei Jahre sein Wissen unter Beweis stellen. Da lernte er Alia, eine sehr hübsche Stewardess kennen. Die Beiden wurden ein Paar. Illias wanderte 2013 nach Dubai in Alias Heimat aus.

Das war ein harter Schlag für Erna. Illias Eltern hingegen kamen mit der Auswanderung ihres Sohnes sehr gut klar. Sie wussten, dass ihr Sohn in diese Welt passte und vertrauten ihm.

Erna war sehr stolz auf ihren Enkelsohn und dennoch machte es sie sehr traurig, dass er nun so weit von ihr entfernt war. Das Einzige was ihr nun noch geblieben war, war ihre übergroße Villa, ihre Tochter und ihr Schwiegersohn. Ihr Personal hatte sie drastisch reduziert. Nur eine Putzhilfe kam zweimal die Woche noch zu ihr. Den Park, der zur Villa gehörte, ließ sie von einer Gartenbaufirma regelmäßig zweimal im Jahr pflegen.

Die Einsamkeit holte Erna erneut ein. Daraufhin nahm sie all ihren Mut zusammen und erstellte ein Inserat mit dem Inhalt in ihrer örtlichen Tageszeitung:

„Suche netten Herrn zwischen 65 und 75 zur Freizeitgestaltung."
Erna konnte sich vor Zuschriften nicht retten. Sie bekam Briefe von Männern aus allen Altersgruppen. Der jüngste Bewerber war gerade einmal fünfundzwanzig Jahre, der älteste einundneunzig Jahre alt. Sie las jede einzelne Bewerbung genau durch. Doch es war kein Mann dabei, der ihr Interesse weckte. Gut, dachte sie, es war ein Versuch.

Nur einen Monat nachdem sie sich damit abgefunden hatte, dass kein Bewerber zu ihr passte, musste sie in ihrer örtlichen Tageszeitung erfahren, dass die Ehefrau ihres ehemaligen Prokuristen in ihrer Firma, Hannes, plötzlich und unerwartet verstorben war. Erna fühlte sich unbedingt dazu verpflichtet, ihm eine Trauerkarte zukommen zu lassen. Sie kannte seine Ehefrau sehr gut aus alten Zeiten, auch mit Hannes selbst hatte sie immer ein sehr gutes Verhältnis.

Er zeigte immer ein großes Pflichtbewusstsein, war ehrgeizig und diente Erna und ihrem Mann mehr als dreißig Jahre in ihrer Firma.

Hannes hatte sich nach ein paar Wochen bei Erna für ihre Anteilnahme telefonisch bedankt und es kam dazu, dass er sie zu einem Kaffee eingeladen hatte. Erna freute sich, Hannes wiederzusehen und sich mit ihm austauschen zu können. Es entstand ein sehr freundschaftliches Verhältnis zwischen den Beiden. Hannes tat es sehr gut, mit einer Vertrauten über seine Sorgen sprechen zu können. Er hatte große Probleme mit seinem einzigen Sohn. Er war nicht so ehrgeizig wie seine Eltern, er ruhte sich lieber auf die Kosten seiner Eltern in vielen verschiedenen Universitäten aus. Begann da einmal ein Studium und da einmal, so richtig kam er nicht auf die Füße. Nur Frauen interessierten ihn. Er hatte mit seinen achtunddreißig Jahren noch kein Studium zu Ende gebracht, doch dafür hatte er zwei Kinder bei zwei verschiedenen Frauen, für die er aufkommen musste. Er arbeitete mal hier und mal da, um seine Kosten zahlen zu können, wohnte zusammen mit seiner neuen Errungenschaft, eine Frau von den Philippinen im Haus seiner Eltern, die ihm immer wieder finanziell unterstützt haben.

Für Erna waren diese Zustände ein Einblick in eine fremde Welt. Sie erzählte Hannes von ihrer vergeblichen Suche nach einem Partner, der mit ihr zusammen etwas Freizeit verbringen sollte. Hannes beichtete ihr, dass er sehr gern dazu bereit wäre. Und so kam es. Die Beiden verbrachten von nun an sehr viel Freizeit miteinander, besuchten Konzerte, gingen zusammen ins Theater oder ins Kino, sie ergänzten sich perfekt und verstanden sich prächtig. Und man glaubt es kaum, die sonst so eiskalte Erna genoss die körperliche Nähe mit Hannes, sie entdeckte die Liebe zur Sexualität. Seine Nähe und Zuneigung und seine Zärtlichkeit stellten Ernas bisheriges Leben völlig auf den Kopf. Sie erkannte sich selbst nicht wieder, es war, als wäre Hannes schon immer an ihrer Seite gewesen.

Hannes beichtete seinem Sohn, dass er eine Partnerin gefunden hatte, mit der er zukünftig seine Freizeit verbringen möchte, sagte ihm aber nicht wer diese Dame ist. Sein Sohn war gegen eine neue Beziehung seines Vaters. Er konnte nicht verstehen, dass sich sein Vater nur ein paar Monate nach dem Tod seiner Mutter eine Freundin anlachte. Er sah alles aus einer anderen Perspektive und hatte nur Angst, dass sein Vater sein Erspartes und seine gute Rente selbst aufbrauchen würde.

Es ging so weit, dass sein Sohn versuchte, ihm Vorschriften zu machen, was er zu tun und zu lassen hatte. Daraufhin gab es immer wieder heftige Auseinandersetzungen.

Nachdem Hannes Sohn erfahren hatte, mit welcher Frau sein Vater sich vergnügte, wie er es nannte, änderte er ganz plötzlich seine Meinung zu diesem Thema. Ihm war sehr wohl bekannt, dass Erna eine sehr vermögende Frau war und dazu nur eine Erbin hatte.

Nachdem Hannes Sohn seinen Vater ständig dazu bringen wollte, dass er ihm das Haus überschreiben und ihm unverzüglich sein Erbe auszahlen sollte, da er seine Lebenskameradin heiraten möchte, machte Erna Hannes den Vorschlag, mit zu ihr ins Haus zu ziehen, um den ständigen Streitigkeiten aus dem Weg zu gehen. Doch Hannes wollte seinem Sohn das Haus nicht komplett überlassen und gleich gar nicht sein Erbe bei Lebzeiten auszahlen. Er wusste genau, dass würde nicht gut gehen. Daraufhin stellte sich sein Sohn und dessen Frau stur und kümmerten sich nicht mehr um die Pflege am Haus. Auch lehnten sie es daraufhin ab, für Hannes weiterhin mit zu Kochen und ihm die Wäsche zu waschen.

Hannes nahm das Angebot von Erna nur teilweise an. An den Wochenenden schlief er bei ihr im Haus, sie vergnügten sich gemeinsam zu den verschiedensten Kulturveranstaltungen, liebten sich nach Lust und Laune, kochten zusammen, gestalteten zusammen Ernas Park oder verreisten zusammen und sahen Städte im In– und Ausland mit den vielen Sehenswürdigkeiten an. Ihr strenger Sparkurs, an dem sie ihr Leben lang festgehalten hatte, verflog wie Rauch in der Luft. Erna hatte es sogar des Öfteren fertiggebracht, sich aufreizende Unterwäsche für diese Reisen zu kaufen. Erst jetzt, mit fast sechsundsiebzig Jahren, durfte Erna erleben, wie es ist, sich sexuell einem Partner hinzugeben und sich hemmungslos zu lieben. Kurz gesagt, beide genossen die Zweisamkeit im hohen Alter!

Ihrer Tochter Bärbel war der äußerst heftige Sinneswandel ihrer Mutter natürlich nicht entgangen. Aber sie hinterfragte kaum, sie genoss es, dass es ihrer Mutter so gut erging und dass sie zusammen mit Hannes so glücklich war. Sie akzeptierte, dass Hannes an der Seite ihrer Mutter war.

Hannes Sohn hatte sich mittlerweile mit seinem Vater komplett zerstritten. Sie wohnten im gemeinsamen Haus und sprachen mehr als zwei Jahre keinen Ton miteinander. Auch seine Schwiegertochter behandelte ihn wie Luft.

Im November 2018 bekam Hannes von seinem Hausarzt eine Aufforderung zu einer Untersuchung bei einem Psychologen. Er fiel aus allen Wolken. Sein Sohn hatte es mit erlogenen Argumenten überzeugend fertiggebracht, seinen Hausarzt davon zu informieren, dass Hannes seine sieben Sinne nicht mehr beieinander hatte und er daraufhin in ein Pflegeheim müsste.

Für Hannes begann ein Kampf gegen seinen eigenen Sohn, der darin nur seine materiellen Vorteile sah. Ihm wurde klar, dass er seinem eigenen Sohn und seiner Schwiegertochter nur im Weg war. Erna stand Hannes in dieser Zeit bei und unterstützte ihn, wo es ihr nur möglich war. Und dennoch nagte dieser unerträgliche Zustand an Hannes. Im Februar 2019 erlitt er in seinem Haus, als er ganz allein war einen schweren Schlaganfall. Sein Sohn fand ihn erst ein paar Stunden später als er nach Hause kam, hilflos auf der Treppe liegen. Hannes wurde in ein Krankenhaus nach Nürnberg gebracht. Erna war außer sich, ihre Liebe zu Hannes die gerade erst einmal angefangen hatte, wurde auf eine harte Probe gestellt. Hannes erholte sich nur sehr zögerlich. Seine linke Körperhälfte war komplett gelähmt, seine Sprache funktionierte nicht. Nach drei Wochen Krankenhausaufenthalt wurde Hannes zu einer Rehabilitationsmaßnahme nach Prien am Chiemsee gebracht. Erna nahm sich in der Nähe dieser Klinik für die Zeit des Aufenthaltes ein Hotelzimmer, um jeden Tag für Hannes da sein zu können. Nur in ganz kleinen Schritten erholte sich Hannes ein klein wenig. Seine Sprache kam nur zögerlich mit kleinen Silben wieder zurück. Seine Lähmung war unverändert. Er musste sich von nun an in einem Rollstuhl fortbewegen und war auf Pflege angewiesen.

Erna machte ihm erneut den Vorschlag, mit zu ihr ins Haus zu ziehen, damit sie für Hannes sorgen kann. Doch er lehnte ab. Er wollte die hohe Belastung Erna nicht zumuten und entschied sich schweren Herzens in ein Pflegeheim zu gehen. Diese Entscheidung war zu hart für Erna, sie brauchte ein paar Tage, um die Geschehnisse zu realisieren und zu akzeptieren.

Ende April 2019 wurde Hannes in ein Pflegeheim nach Nürnberg gebracht und von diesem Tag an, besuchte Erna ihn jeden Tag. All ihre Bemühungen, Hannes wieder ein bisschen aufzubauen, waren vergebens. Sie musste die traurige Erfahrung machen, dass Hannes all seinen Lebensmut verloren hatte und sich selbst aufgegeben hatte. Er wollte nicht mehr auf Hilfe angewiesen sein und er wollte auch nicht, dass Erna ihn in so einem desolaten Zustand sieht. Hannes verweigerte die Nahrungsaufnahme und jegliche therapeutischen Anwendungen.

Diese Situation zerrte an Erna, sie selbst verstand die Welt nicht mehr! Hannes hatte ihr Leben in den letzten sechs Jahren komplett auf den Kopf gestellt und ihr gezeigt, was wahre Liebe ist. Er hatte in ihr die Gefühle zum Leben erwacht, die sie vorher nie kannte und jetzt, jetzt liegt er schwer krank in einem Pflegeheim. Sie hatten doch noch so viel vor in ihrem Leben, sie wollten sich noch so viele Städte und Sehenswürdigkeiten zusammen ansehen und noch so viele gemeinsame Jahre miteinander verbringen.

Erna besuchte Hannes nach wie vor täglich im Pflegeheim. Sie versuchte jeden Mittag ihn dazu zu bewegen, dass er ein paar Bisse zu sich nimmt, meistens aber leider vergebens. Ihm ging es immer schlechter. Sie musste sich eingestehen, dass ihr geliebter Hannes nicht mehr lange bei ihr sein konnte. Sein Sohn hatte leider nie Zeit aufgebracht seinen Vater zu besuchen.

Im August 2019 hatte Erna selbst einige wichtige Arzttermine, deshalb war es ihr nicht möglich, wie gewohnt, täglich zu Hannes zu fahren. Genau an so einem Tag bekam Erna einen Anruf von seinem Sohn. Er teilte ihr mit, dass ihn das Pflegeheim davon informiert hat, dass es mit seinem Vater zu Ende geht. Sofort fuhr Erna zu ihm, um in den letzten Stunden bei ihm zu sein. Er war sehr schwach, aber ansprechbar. Als Erna spät am Abend zum Schlafen nach Hause fahren wollte, verabschiedete sich Hannes mit den Worten: „Danke Erna für die schönen Jahre" von ihr und schlief völlig geschwächt ein. Hannes erwachte am nächsten Morgen nicht wieder. Er ging einsam und allein von dieser Welt!
Erna fuhr in Begleitung ihrer Tochter zu Hannes ins Pflegeheim, um sich von ihm zu verabschieden. Dieser Gang war für sie ein sehr schwerer.
Zwei Wochen später war Hannes Beisetzung. Erna nahm dazu als letzten Gruß ein Herz aus roten Rosen mit. Sein Sohn brachte völlig teilnahmslos diese Trauerfeier hinter sich. Zum anschlie-ßenden Leichenschmaus verkündete er lautstark, dass er nun das

Haus verkaufen wird und mit seiner Ehefrau auf die Philippinen auswandern würde, um da in Ruhe und ohne Stress leben zu können.

In den kommenden Wochen erging es Erna sehr schlecht. Auch sie bekam fast keinen Bissen runter. Angst und Panikattacken bestimmten ihren Tag. Ihr wurde klar, dass sie ihr ganzes Leben nur auf der Jagd nach Geld und Reichtum war. Sie verfluchte ihr gesamtes Hab und Gut und hätte es zu gern für das Leben von Hannes eingetauscht. Er war es, der ihr zeigte, was wirklich wichtig ist im Leben.

Erna wurde des Öfteren medizinisch betreut, ihr Blutdruck machte große Probleme, zudem klappte sie sechs Monate nach Hannes Tod in ihrem Haus bewusstlos zusammen. Ihre Tochter fand sie nur durch Zufall, sie hatte am Vorabend ihr Handy bei ihr vergessen. Im Krankenhaus stellte man fest, dass sie Wasser in der Lunge hatte und auf für sie wichtige Medikamente neu eingestellt werden musste.

Nach ein paar Wochen der Genesung kam Erna wieder auf die Beine. Sie wird seit dieser Zeit von einem Pflegedienst einmal täglich betreut und besitzt einen Hausnotruf. Ihre Tochter Bärbel unterstützt sie, wo sie kann und nimmt ihr alle anfallenden Hausarbeiten ab. Sie verlässt ihr Haus nur noch, um wichtige

Arzttermine wahr zu nehmen oder zum Friedhof zu fahren, um ihren Lieben ein paar Blümchen zu bringen.

Ernas Tochter Bärbel hatte sich Anfang 2020 mit der Bitte an mich als Autorin gewandt, das Leben ihrer Mutter zu Papier zu bringen. Als ich Erna 2020 nach dem ersten Lockdown dann besuchen durfte, saß eine traurige und gebrochene ältere Dame vor mir, die nur sehr schwer über ihre Vergangenheit erzählen konnte. Doch als sie damit begann, aus der Zeit zu erzählen, als Hannes in ihr Leben trat, strahlten ihre Augen wie Gold.
Sie verabschiedete sich von mir mit den Worten: „Ich wünsche Ihnen von Herzen, dass ihr Leben mit Liebe und Glück erfüllt ist, denn mehr braucht ein Mensch nicht um glücklich und zufrieden zu sein. Kein Geld der Welt kann Ihnen die wichtigsten Menschen in Ihrem Leben jemals ersetzen."

Ich habe mich mit einem weinenden und einem lachenden Auge und mit den besten Wünschen für sie dankbar verabschiedet.

Helga

Die wichtigsten Stationen in Helgas bisherigem Leben.

Helga erfuhr von ihrer Vergangenheit erst im Alter von sieben Jahren. Ihre „Mutter" erzählte ihr, dass sie 1942 in Augsburg als zweite Tochter einer Arbeiterfamilie geboren wurde. Ihre Kindheit verbrachte sie mit ihrer zwei Jahre älteren Schwester Rosi und mit sehr vielen anderen Kindern in einer großen Wohnsiedlung am Rande der Stadt.

Da beide Elternteile Vollzeit in den Bayerischen Flugzeugwerken als Hilfsarbeiter arbeiteten, um die Familie durchzubringen, waren die beiden Mädchen sehr oft nur auf sich selbst gestellt. Nur zum alltäglichen Mittagessen hatten sie die Möglichkeit, zu ihren Großeltern zwei Straßen weiter zu gehen.

In der Nacht vom 25. auf den 26. Februar 1944 wurde Helgas Familie durch einen schweren Bombenangriff auseinandergerissen. Beim größten und verheerendsten Bombenangriff wurden große Teile der Augsburger Innenstadt zerstört. Der Angriff galt den Messerschmitt-Werken und dem Hauptbahnhof als süddeutschem Eisenbahnknotenpunkt und eventuell noch weiteren Zielen. Das Bombardement erfolgte in zwei Wellen. Am 25. Februar um 14.00 Uhr warfen 199 amerikanische Flugzeuge 370 Tonnen Sprengstoff-Bomben und 134 Tonnen Brandmittel ab. Der Angriff war Teil der Operation „Big Week", welche die deutsche Rüstungsindustrie treffen sollte.

Bei diesen Bombardements starben mehr als 730 Menschen und 1.335 wurden verletzt. Darunter auch Helgas und Rosis Eltern. 85.000 Augsburger wurden obdachlos, fast ein Viertel aller Wohnungen waren zerstört.

Auch Helga, Rosi und ihre Großeltern verloren das zu Hause. Ihre kleinen Wohnungen lagen in Schutt und Asche.

Helga und Rosi wurden vom roten Kreuz in ein Waisenhaus nach Augsburg gebracht. Da verbrachten sie ein gemeinsames Jahr.

1945 wurde ihre Schwester Rosi von einem Ehepaar adoptiert. Man hörte von da an nie wieder etwas von ihrer Schwester.

Nur ein paar Monate später wurde auch Helga von ihren jetzigen Eltern aus Pfaffenhofen adoptiert.

Das zu hören war ein harter Schlag für Helga. Nun wurde ihr so einiges klar.

Ihr Vater war Beamter in einer verantwortungsvollen Position bei der ansässigen Krankenkasse und ihre Mutter war bis zu Helgas Einschulung Hausfrau, danach half sie als Sprechstundenhilfe in einer Arztpraxis aus. Zur Familie gehörten noch zwei kleine Hunde und drei Katzen. Helga vergötterte die Tiere, sie waren im Grunde ihre Familie.

Heute sagt Helga: "Es war für mich eine schlimme Zeit, in der ich leider zu viel körperliche „Liebe" von meinem Adoptivvater ertragen musste. Er nutzte jede freie Minute, wenn er mit mir allein war, um mich sexuell zu missbrauchen. Manchmal musste ich auch mit ihm zusammen zu seinem Bruder, meinem Onkel, fahren. Auch er hatte sich unzählige Male an mir vergangen. Beide Männer hatten mich nach jedem Missbrauch mit der Bemerkung: „Wenn du irgendjemanden von unseren Spielen erzählst, musst du sofort zurück in das Kinderheim und dann bleibst du da bist du alt bist und kommst nie mehr wieder raus!"

Schon allein der Gedanke für ihr gesamtes Leben eingesperrt zu sein, brachte Helga dazu, zu keinem Menschen auch nur ein Wort über diese „Spiele", wie sie ihr Adoptivvater und ihr Onkel nannten, zu sagen. Auch zu ihrer Adoptivmutter traute sie sich von den traurigen Erlebnissen nicht zu erzählen. Freunde hatte Helga, denen sie sich hätte anvertrauen können, kaum. Sie war eher der Typ Kind, der sich überall zurückhielt und nur unfreiwillig an gemeinsamen Freizeitaktivitäten in der Schule teilnahm. Beide Männer nahmen keine Rücksicht darauf, dass Helga noch ein Kind von gerade erst einmal vier Jahren war, als sie zum ersten Mal vergewaltigt wurde. Ihre Adoptivmutter bemerkte all die vielen Jahre von dem Missbrauch nichts, wie sie später behauptete.

Helgas liebste Schulfächer waren, Englisch, Mathematik und Deutsch und Sport. Sie absolvierte ihren Schulabschluss mit sechzehn Jahren und nahm eine Lehrausbildung zur Büroangestellten an, die sie 1961 erfolgreich abschließen konnte. Sie zog bei ihren Adoptiveltern aus und ging zurück in ihre Heimatstadt Augsburg, um da ein ganz neues Leben anzufangen. Weg von ihrem Adoptivvater und ihrem Onkel, mietete sie sich ein kleine Wohnung mit nur 35 qm., Das reichte ihr aus, um vor ihrem „Vater" und ihrem „Onkel" sicher zu sein.

Ihr großer Wunsch war es, irgendwann einmal ihre ältere Schwester zu finden.

Helga suchte immer nach einer Familie, in der sie so angenommen und geliebt wird, wie sie war. Sie hatte Sehnsucht nach Geborgenheit, Liebe, Harmonie, Respekt und Anerkennung. Doch das alles suchte sie in ihrer Adoptivfamilie vergeblich.

Sie nahm die Tätigkeit in einer Maschinenfabrik als Büroangestellte auf. Nach drei Monaten Einarbeitungszeit wurde es ihre Aufgabe,. mit allen ausländischen Kunden zu kommunizieren und Verträge abzuschließen. Sie gab alles, damit sie beruflich weiterkam. In Abendkursen machte sie eine weitere Ausbildung zur Außenhandelskauffrau und erlernte mit Leichtigkeit die spanische und französische Sprache. Das kam ihr zugute, als sie schon nach vier Jahren Betriebszugehörigkeit mit ins Ausland zu Messen und wichtigen Kunden reisen durfte. Die Firma schätzte ihre Zuverlässigkeit und Zielstrebigkeit sehr.

Ein Privatleben gab es für Helga nicht. Den Kontakt zu ihrem Adoptivvater hatte sie komplett abgebrochen. Nur mit ihrer Adoptivmutter telefonierte sie in großen Abständen. Von ihr musste sie erfahren, dass ihr Adoptivvater 1964 unerwartet verstorben war. Den jahrelangen Missbrauch durch ihn und des Onkels hatte sie für sich ausgeblendet, aufgearbeitet jedoch nie.

Nachdem Helga sich Ende der 60er Jahre ein sehr gutes Standbein aufgebaut hatte, versuchte sie über das Rote Kreuz ihre zwei Jahre ältere Schwester zu finden. Diese Suche stellte sich als sehr schwierig raus. Helga wusste nur ihren Namen. Das Geburtsdatum war ihr völlig unbekannt, auch, wann sie genau adoptiert wurde und wohin wusste Helga leider auch nicht. Zudem startete sie eine Suchanzeige in der örtlichen Tageszeitung, doch die brachte leider keinen Erfolg.

Nach zwei Jahren wurde das Rote Kreuz fündig, sie konnten Helga mitteilen, dass ihre leibliche Schwester von einer Arztfamilie aus Hamburg adoptiert wurde. Dazu erhielt sie alle nötigen Daten, welche ihr es ermöglichten, zu ihrer Schwester Kontakt aufzunehmen.

Die Freude war groß. Zum ersten Mal in ihrem Leben konnte sich Helga von Herzen freuen. Sie war zum ersten Telefonat so aufgeregt und ihr zitterten die Knie, als sich am anderen Ende der Leitung eine junge Frau mit „Doktor Schubert" meldete. Zögerlich äußerte Helga ihren Wunsch, sie möchte bitte Rosi sprechen. In diesem Moment hörte sie die Stimme sagen: „Ich bin Rosi und wer sind Sie bitte?"

Mit Herzklopfen antworte sie: „Ich bin Helga, deine kleine Schwester."

Plötzlich war es still geworden, keine der beiden jungen Damen sagte ein Wort. Erst nach ein paar Minuten, sagte Rosi: „Oh mein Gott, Helga? Wo bist du? Kann ich dich sehen?"

Damit war das Eis gebrochen und die beiden Schwestern führten über mehr als zwei Stunden ein ausgiebiges Gespräch, in dem Helga erfahren musste, dass auch Rosi sie seit vielen Jahren suchte, doch leider auch ohne Erfolg. Der Grund dafür wurde schnell gefunden, beide Schwestern erhielten damals zur Adoption die Nachnamen ihrer Adoptiveltern. Sie verabredeten sich sofort, um ein Wochenende zusammen zu verbringen. Sie hatten sich so viel zu erzählen!

Nur zwei Wochen später reiste Rosi bei ihrer kleinen Schwester an. Die Begrüßung war unbeschreiblich schön, sagt Helga. Sie lagen sich in den Armen, als hätte es die letzten siebenundzwanzig Jahre nie gegeben. Tränen kullerten bei beiden Schwestern unaufhörlich. Nachdem sie sich etwas beruhigt hatten, begann Rosi von ihrer Zeit nach der Adoption zu erzählen. Ihr erging es im Gegensatz zu Helga viel besser. Sie durfte Liebe und Zuneigung erfahren. Ihre Adoptiveltern waren beide Praktische Ärzte, ihre Mutter konnte aus gesundheitlichen Gründen keine Kinder bekommen und somit hatten sie sich für eine Adoption entschieden. Sie wuchs sehr behütet in einem großen Haus auf, im unteren Stockwerk hatten ihre Eltern eine Gemeinschaftspraxis. Obwohl es Rosi an nichts fehlte, wurde sie dennoch zur Bodenständigkeit, Bescheidenheit und Sparsamkeit erzogen. Und so war sie, einfach und unkompliziert. Ihr Medizinstudium beendete sie 1964 und arbeitet seitdem mit in der Praxis ihrer Eltern, die sie später einmal übernehmen würde. Sie hatte zu dieser Zeit bereits einen festen Partner, der als Zahnarzt tätig war. Helga erfuhr, dass die Hochzeit schon im Gespräch sei.

Aber Rosi wollte auch unbedingt wissen, wie es Helga nach ihrer Adoption ergangen war. Doch Helga versuchte ihren Fragen meist auszuweichen. Rosi bemerkte sehr schnell, dass bei ihrer kleinen Schwester irgendetwas nicht stimmen konnte. Sie gab nur flüchtige Antworten zu ihrer Kindheit und Jugendzeit. Erst als Helga begann, von der Zeit nach ihrer Lehre zu erzählen, wurde sie lockerer. Mit sehr viel Freude und auch ein wenig Stolz erzählte sie ihren beruflichen Weg.

Rosi ging mit der Zurückhaltung ihrer Schwester, was ihre Kindheit und Jugendzeit betrafen, sehr diplomatisch um. Sie hinterfragte nicht, sondern akzeptierte vorerst Helgas Darstellung so wie sie war.

Einen Tag später fuhren beide Schwestern zusammen zum Alten Haunstetter Friedhof, um an der großen Gedenktafel Blumen für ihre Eltern und für alle Opfer des Bombenangriffes niederzulegen und ihnen zu gedenken.

Es war für Helga und Rosi ein emotionaler Moment, in dem sie sich ganz fest in die Arme nahmen und weinten. Dabei wurde ihnen klar, dass sie keinerlei Erinnerungen, weder Bilder noch andere Gegenstände, von ihren leiblichen Eltern und Großeltern besaßen. Geblieben waren ihnen nur ihre Adoptionsurkunden.

Sie waren sich einig, dass Rosi in den kommenden Monaten einmal für eine ganze Woche zu Helga kommen würde, um mit ihr zusammen auf dem Standesamt und in der Kirche nach irgendwelchen Hinweisen zu ihren Großeltern zu suchen, um ihre Vergangenheit zusammen aufarbeiten zu können.

Dieses Wochenende werden Beide niemals vergessen. Es war ein Schritt in eine gemeinsame Zukunft.

Jetzt war Helga nicht mehr allein, sie hatte ihre Schwester an ihrer Seite und damit einen Menschen, der sie versteht und dem sie vertrauen kann.

Nur ein Jahr später öffnete sich Helga ihrer Schwester gegenüber, über den jahrelangen Missbrauch ihres Adoptivvaters und dessen Bruder. Rosi fiel aus allen Wolken und schlug Helga nach vielen endlosen Gesprächen darüber vor, wenn sie selbst dazu bereit wäre, würde sie sie unbedingt dabei unterstützen, dass sie ihren Onkel noch anzeigt. Ihr Adoptivvater konnte leider nicht mehr zur Rechenschaft gezogen werden.

Nach sehr langen Überlegungen hatte sich Helga dazu entschlossen, ihren Onkel anzuzeigen. Sie nahm es in Kauf, dass sie dann mit allen Vorkommnissen erneut konfrontiert werden würde, aber damit auch eine Aufarbeitung für sich selbst hinter sich bringen würde, um mit dieser traurigen Angelegenheit komplett abschließen zu können.

Nach dreizehn aufwühlenden Monaten kam es dazu, dass ihr Onkel zu vier Jahren Freiheitsentzug ohne Bewährung, verurteilt wurde. Ihre Adoptivmutter, die ebenfalls des Öfteren zum Prozess als Zeugin geladen wurde, beteuerte immer wieder ihre Unschuld und sagte unter Eid aus, dass sie all die vielen Jahre davon nichts mitbekommen hatte.

Mitte der 70er kaufte sich Helga von ihrem Ersparten eine 90 qm. große Eigentumswohnung in Augsburg. Sie beauftragte für ihren Umzug ein spezielles Umzugsunternehmen. Zu diesem Umzug lernte sie Hans kennen. Er war der verantwortliche Lastkraftwagenfahrer und war zudem für den kompletten Ablauf der Aktion verantwortlich. Helga fand diesen Mann sehr nett und zuvorkommend. Als er hörte, dass sie ganz allein sei und keinerlei weitere Unterstützung hatte, bot er ihr an, nach Feierabend ihre anfallenden handwerklichen Arbeiten in der alten und neuen Wohnung zu übernehmen. Helga nahm dieses Angebot dankend an. Die Beiden kamen sich bei der Einrichtung der Wohnung näher. Sie erfuhr von Hans, dass er sich erst vor ein paar Wochen von seiner Frau und seinen zwei Kindern getrennt hatte.
Es war das erste Mal, dass Helga körperliche Nähe von einem Mann an sich heranließ, Gefühle für ihn entwickelte und sie auch zeigen konnte. Helga und Hans wurden ein Paar. Er zog nach kurzer Zeit mit bei ihr ein. Die ersten Jahre funktionierte diese Beziehung sehr gut. Nachdem Hans erfahren hatte, dass sie als Kind viele Jahre sexuell missbraucht wurde, brachte er diesbe-

züglich sehr viel Verständnis auf. Er konnte auch sehr gut damit umgehen, dass Helga aus beruflichen Gründen sehr oft für einige Tage ins Ausland verreisen musste.

Nach etwa fünf Jahren bemerkte Helga, dass ihr Partner des Öfteren nicht nur zu viel Alkohol zu sich nahm. Es kam zu langen Diskussionen, bis Hans seinen Führerschein wegen Trunkenheit am Steuer für zwei Jahre abgeben musste. Daraufhin trank Hans noch häufiger und wurde Helga gegenüber aggressiv, er hatte kein Einsehen. Die Kinderlose Beziehung zerbrach nach sieben Jahren. Hans zog aus und Helga stürzte sich vermehrt in ihre Arbeit, um Ablenkung zu erhalten. Von einer Beziehung hatte sie erst einmal genug. Oft fragte sie sich, ob es an ihr gelegen hatte oder ob sie aufgrund ihrer früheren Erlebnisse beziehungsunfähig wäre?

Die Jahre gingen ins Land. Helga widmete sich ihrem Job und verbrachte sehr oft einige Tage Auszeit bei ihrer Schwester Rosi in Hamburg. Sie hatte mittlerweile geheiratet und war Mutter von einem Sohn. Rosi hatte es geschafft, ihr Leben in die richtigen Bahnen zu lenken. Helga fühlte sich sehr wohl in der Nähe ihrer kleinen Familie. Es gab Zeiten, da dachte sie über das Angebot ihrer Schwester, für immer nach Hamburg zu ziehen, ernsthaft nach. Doch sie wollte in ihrer Heimatstadt bleiben. Sie hatte sich einen festen Stand in der Firma hart erarbeitet, noch immer schätzten alle Kollegen ihre gewissenhafte und zuverlässige Arbeit. Einmal im Jahr verbrachten sie zusammen ein paar Tage Urlaub in Spanien. Helga beherrschte die spanische Sprache perfekt in Wort und Schrift. Es kam dazu, dass sie sich in den 80er Jahren in Valencia ein kleines Ferienhaus kaufte. Da verbrachte sie von fortan ihre Ferien. Sobald es ihre Zeit erlaubte, flog sie auch nur für ein paar Tage von München nach Spanien, um abzuschalten. Abzuschalten und um Kraft zu tanken für ihre anspruchsvolle-Arbeit.

An einem lauen Sommerabend im August 1985 machte sie in einem netten kleinen Restaurant an der Strandpromenade in Valencia eine Bekanntschaft mit einem Spanier. Helga war sehr weltoffen geworden, sie verstand sich mit sehr vielen Menschen aller Nationalitäten, mit denen sie schon aus beruflichen Gründen viel zu tun hatte, sehr gut. Sie fand Leon, damals zweiundfünfzig Jahre alt, sehr nett und der Abend mit ihm war sehr unterhaltsam. Es war eher eine freundschaftliche Begegnung, aus der nach ein paar Tagen mehr wurde. Der Altersunterschied von elf Jahren machte ihr nichts aus. Helga hatte sich nach ihrer letzten gescheiterten Beziehung geschworen, nie wieder eine feste Partnerschaft zu führen. Aber sie war offenen für ein paar nette Stunden zu zweit. Und so kam es, sobald sie sich in ihrem Ferienhaus in Valencia aufhielt, war Leon an ihrer Seite. Er kümmerte sich dazu, während ihrer Abwesenheit, um Helgas Ferienhaus, führte kleinere Reparaturen aus und pflegte das Grundstück. Sie führten eine lockere Beziehung. Leon war sehr zuvorkommend, einfühlsam und zärtlich zu Helga. Er gab ihr das Gefühl von Wärme und Geborgenheit. Sexualität spielte von dieser Zeit an für Helga eine viel größere Rolle als bisher. Sobald sie nur in der Nähe von Leon war, wurde ihr körperliche Nähe zum Bedürfnis. Er war ein Mann, mit dem sie unendlich viele schöne Stunden verbringen konnte, hätte es aber niemals gewollt, dass sie mit ihm den Alltag bewältigen würde. Sie musste sich eingestehen, dass sie zwei grundverschiedene Leben führte. Eines in Augsburg und das andere Leben in Spanien. Aber sie war damit sehr zu-frieden. Finanziell völlig unabhängig genoss sie es, glücklich, frei und friedlich zu leben.

1992 diagnostizierte ihr behandelnder Gynäkologe bei Helga Brustkrebs im Anfangsstadium. Sie begab sich sofort in Behand-lung nach Hamburg. Sie wollte in dieser schweren Zeit in der Nähe von ihrer Schwester sein, dazu konnte sie Helga sehr gut medizinisch begleiten. Es war eine sehr schwere Zeit, in der Helga damals im Alter von fünfzig Jahren sehr oft Angst vor dem Tod hatte. Ihre Schwester Rosi sagte ihr dazu einen kleinen Satz, der

Helga zum Umdenken brachte. Sie sagte: „Angst verhindert nicht den Tod, nur das wirkliche Leben."

Diese Worte nahm Helga sehr ernst und sie versuchte so schnell wie möglich wieder gesund zu werden, um ihren Alltag wieder meistern zu können. Nach vier Monaten intensiver Behandlung konnte Helga wieder zurück nach Augsburg in ihren Arbeitsalltag. Sie hatte sich für das pure Leben entschieden und sie wollte noch viele nette Stunden mit Leon in Spanien verbringen. Er war nach wie vor nur ihr Liebhaber, aber mehr hätte sie auch nie gewollt mit ihm.

1998 bekam Helga die traurige Nachricht, dass Leon an den Folgen eines Herzinfarktes verstorben sei. Diese Mitteilung machte sie sehr, sehr traurig. Sie entschloss sich dazu, ihr Ferienhaus zu verkaufen. Zu viel würde sie bei einem weiteren Aufenthalt in Valencia an die unvergesslichen Stunden mit Leon erinnern.

Ab 2005 begann Helga in Altersteilzeit zu arbeiten. Der Firma erging es wirtschaftlich nicht gut. Viele Kunden kauften lieber in China ein.

Im Jahre 2007 ging sie in ihre wohlverdiente Altersrente. Ein neuer Lebensabschnitt begann. Sie hatte ein wenig Angst davor, den Tag ohne ihren geliebten Job verbringen zu müssen. Da Helga die englische, spanische und französische Sprache in Wort und Schrift perfekt beherrschte, nahm sie das Angebot als Dolmetscherin an der Albert-Ludwigs-Universität in Freiburg zu arbeiten, sehr gern an. Dieser Job gab ihr die Möglichkeit, sehr viel von zu Hause aus zu arbeiten. Diese neuen Aufgaben erfüllten ihr Leben mit Anerkennung und Wertschätzung. In ihrer Freizeit verreiste Helga sehr viel. Buchte eine Kreuzfahrt, sah sich Afrika, Lateinamerika, Russland und Indien an. Sie war so wissensdurstig, dass sie alles über die Sitten und Gebräuche anderer Kulturen erfahren wollte.

Zu diesen Reisen lernte sie auch ab und zu Männer kennen, die an ihrer Person als Frau nicht wenig Interesse zeigten. Helga konnte einigen dieser Bekanntschaften nicht widerstehen und lies sich auf ein paar nette Stunden zu zweit ein. Sie sagte sich: „Warum sollte ich mein Leben nicht genießen, mit allem, was sich bietet. Ich habe nichts zu verlieren und bin keinem Menschen über mein Handeln Rechenschaft schuldig."

Ab 2015 wurde es sehr ruhig um Helga. Der Drang auf Reisen zu gehen, ließ nach. Sie verbrachte sehr viel Zeit in ihrer Heimatstadt Augsburg. Unternahm viele Spaziergänge und widmete sich ihrem Hobby der Fotografie sehr intensiv. Mit ihren wunderschönen Naturaufnahmen von nah und fern sowie aus der näheren Umgebung von Augsburg erfreute sie unzählige Menschen in sozialen Netzwerken. Darüber hielt sie auch Kontakt zu vielen Freunden aller Nationalitäten aus dem Ausland, die sie in ihrer Zeit, als sie noch berufstätig war, kannte. So lernte auch ich Helga kennen und schätzen. Zwischen uns entwickelte sich eine gute Facebook-Freundschaft. Wir halten seitdem des Öfteren Kontakt. Sie hat bisher alle meine Bücher gelesen.

So kam es auch, dass sie im August 2018 von einem jungen Mann im Chat bei Facebook angeschrieben wurde. Er bewunderte ihre außergewöhnlichen Bilder, er würdigte ihre Arbeiten mit Respekt und Anerkennung. Die Beiden kamen in ein virtuelles Gespräch. Helga fand diesen jungen Mann sehr anständig und zuvorkommend. Er schrieb ihr, dass er siebenundzwanzig Jahre alt sei und vor drei Jahren aus dem Kongo ohne Familie nach Deutschland kam. Die Unterhaltungen wurden alle in französischer Sprache geführt. (Französisch deshalb, weil der Kongo ursprünglich Französisch war. Der Kongo ist seit 1960 frei.) Sein Name war Amadou. Der Name Amadou bedeutet "der, den man liebt". Amadou bewunderte Helgas außerordentliche Intelligenz und ihr überdurchschnittliches Wissen in Bezug auf Fremdsprachen. Er schmeichelte ihr virtuell mit schönen Worten, die bei Helga großen Eindruck hinterlassen hatten. Helga war von der Art, wie er mit ihr kommunizierte, völlig vereinnahmt. Er erzählte ihr, dass er in München im Englischen Garten eine kleine Wohnung hätte, in der ganz allein lebte. Dass er aber sehr oft nach Düsseldorf fahren müsste, da er dort Aussichten bei einem Fußballverein habe, um als Profisportler unter Vertrag zu kommen. Der Kontakt zu ihm wurde zur alltäglichen Routine. Schon nach ein paar Tagen hatte Amadou den großen Wunsch geäußert, Helga bitte persönlich treffen zu dürfen. Helga willigte ein. Er kam mit dem Zug von München nach Augsburg. Helga holte ihn mit ihrem Auto vom Bahnhof ab und die beiden fuhren in ein Kaffee, um zusammen einen netten Nachmittag zu verbringen. Amadou zeigte sich von seiner besten Seite. Helga hatte noch nie in ihrem Leben so einen anständigen, netten und zuvorkommenden jungen Mann getroffen. Schon nach einer halben Stunde hatte Amadou den sehnlichen Wunsch geäußert, Helgas Wohnung sehen zu dürfen. Auch dazu willigte Helga ein. Heute sagt sie: „Ich befand mich in diesem Moment in einer Art Ausnahmezustand." Ich wusste nicht, was ich tat. Amadou hat mir innerhalb von Minuten, mit seiner zärtlichen und lieblichen Art, den gesamten Verstand geraubt."

Kaum waren Helga und ihre neue Bekanntschaft bei ihr zu Hause angekommen, fand sich Helga mit ihm eng umschlungen in ihrem Bett wieder. Gerade hatte sie den

heißesten Sex ihres Lebens hinter sich. Der momentane Ausnahmezustand wurde damit zum Dauerzustand. Sie konnte nicht mehr klar denken. Nachdem vollzogenen Liebesakt, ging Amadou in Helgas Bad, um zu duschen. Sie musste feststellen, dass nach dem Duschen ihr Bad, welches immer sehr sauber war, bis auf das letzte Haar von ihm extrem sauber hinterlassen wurde. Nachdem auch Helga sich ebenfalls frisch gemacht hatte, war ihm mit seinen wachsamen Augen und mit dem Blick für das Wesentliche nicht entgangen, dass Helga ein gutes finanzielles Polster hatte. Nach einer netten Unterhaltung zu einem Tee brachte sie Amadou wieder zum Bahnhof zurück. Er verabschiedete sich mit den Worten: „Ich kann ohne Dich nicht mehr leben!"

Helga war völlig durcheinander. In einem lichten Augenblick dachte sie kurz über den großen Altersunterschied, von sage und schreibe neunundvierzig Jahren, nach. Doch dieser Gedanke hielt nicht lange an, sie verdrängte ihn und wollte es nicht wahrhaben, dass sie selbst schon sechsundsiebzig Jahre alt war.

Gleich am kommenden Tag kontaktierte Amadou wieder Helga. Er ließ ihr keine freie Minute zum Nachdenken mehr. Jeder dritte Satz war: „Ich kann ohne Dich nicht mehr leben."

Sie war in diesem Moment so glücklich und hatte das große Bedürfnis ihr Glück mit ihrer Schwester, die seitdem sie sich wiedergefunden hatten, ihre einzige Vertrauensperson war, zu teilen.

Völlig verstört, naiv und unüberlegt schrieb Helga ihrer Schwester eine E-Mail mit dem Inhalt: „Hallo Rosi, mir ist was passiert!

Ich habe mich Hals über Kopf in einen jungen Afrikaner verliebt. Er will kommenden Freitag wieder zu mir kommen. So zärtlich sind keine deutschen Männer wie dieser Afrikaner. Es ist sehr schön mit ihm. Lieben Gruß, Helga!"

Als Rosi diese Mail gelesen hatte, dachte sie, sie muss aus allen Wolken fallen.

Sie stand so unter Schock, dass sie in diesem Moment kein Antwortschreiben verfassen konnte. Erst nachdem sie ihre Gedanken etwas sortiert hatte, rief sie Helga an, um zu hinterfragen, wie es zu dieser misslichen Situation kommen konnte. Ihr war es durchaus bewusst, dass ihre Schwester ein sehr einsames lebte und dennoch war sie von Beginn an gegen diese Art von Beziehung. Helga hingegen ließ sich auf keine Diskussion ein. Ganz im Gegenteil, sie schickte ihrer Schwester einen Link zu Amadous Facebook-Seite, damit sie sehen kann, was das für ein gutaussehender und netter Mann ist. Rosi merkte, dass sie in diesem Moment keine Chance hatte, Einfluss auf ihre Schwester zu nehmen. Sie setzte sich an ihren Computer und recherchierte viele Stunden nach diesem Mann. Sie wurde fündig. Rosi konnte einige verschiedene Seiten im Internet ausfindig machen, auf denen er als zwanzigjähriger auf der Suche nach Frauen war. Bei Instagram präsentierte er sich mit seinem Namen, Alter zwanzig Jahre, Geburtsort Kongo, Wohnort München als Profisportler, der einen Verein sucht, der ihn unter Vertrag nimmt. Dasselbe Bild ebenfalls bei Badoo in französischer Sprache, nur da gab er an, dass er in Oslo wohnen würde und Französisch spricht. Bei Twitter war er ebenfalls als angehender Profisportler präsent. Eines seiner Profile wurde auch bei Badoo in ukrainischer Sprache gefunden. Mit all diesen Profilen konfrontierte Rosi ihre Schwester Helga, sie schickte ihr jeden einzelnen Link, damit Helga begreift, dass er nur auf der Suche nach Frauen ist und es mit ihr niemals ernst meinen kann. Aber Helga ignorierte all diese Nachweise, nachdem sie sich alle angesehen hatte. Sie meinte nur, sobald er wieder zu mir kommt werde ich ihn fragen, wie es dazu kam. Doch vorerst freute sie sich wie ein junges Mädchen, das zum ersten Mal verliebt ist, auf das bevorstehende Wochenende. Amadou hatte sein Versprechen immer wieder aufrechtgehalten, um am Freitag zu ihr zu kommen und das gesamte Wochenende zu bleiben. Helga kaufte richtig gut ein, nur das Beste war für ihn gut genug. Sie kochte Afrikanisch, es gab afrikanischen Kochbananen-Champignon-Topf mit Reis, afrikanischen Erdnusseintopf und afrikanisches Fufu mit Rindfleisch. Gegen einen guten Champagner hatte er nichts einzuwenden. Dieses Wochenende verbrachte sie mit Amadou überwiegend im Bett. Ohne sich Gedanken zur Situation zu machen, genoss sie jede Minute mit ihrer neuen Errungenschaft. Ein paar Stunden vor seiner geplanten Abreise wurde er sehr ruhig und zurückhaltend. Helga fragte ihn, was seine plötzliche Stimmungsschwankung wohl zu bedeuten hatte. Er erzählte ihr, dass er in den kommenden Tagen erneut nach Düsseldorf fahren müsste, um da bei einem Fußballverein für eine Woche an einem Probetraining teilzunehmen, um einen festen Vertrag zu erhalten. Doch er habe leider dazu nicht die nötigen finanziellen Mittel und damit wird wohl aus seiner Karriere als Profifußballer nichts werden.

Damit war er bei Helga genau richtig. Sie hinterfragte, wie viel Geld er wohl für sein Vorhaben benötigte und er antwortete: „Nicht viel, es würden ihm für die Reise und für die Übernachtungen eintausend Euro reichen." Damit hatte er Helga weichgeklopft. Bevor sie ihn am Bahnhof absetzte, hielt sie an ihrer Hausbank an und holte für Amadou eintausend Euro ab.

Nachdem ihre Schwester von diesem „wundervollem" und teuren Wochenende erfahren hatte, welches Helga in den höchsten Tönen erwähnt hatte, beschloss Rosi ihre Schwester nun vor vollendete Tatsachen zu stellen. Mit den Worten: „Helga ich habe als deine Schwester nicht das Recht, Dir zu sagen was du zu tun und zu lassen hast. Dazu habe ich vor Dir viel zu viel Respekt, wie du dein Leben seit Jahren ganz allein meisterst! Ich würde mir für dich so sehr einen Mann an deiner Seite wünschen, der dich lieb und nett behandelt, damit du noch ein paar schöne Jahre verbringen kannst. Aber bitte Helga, nicht so einen Mann. Was du an deiner Seite brauchst, ist ein Mann in deinem Alter, der dir auch noch einiges bieten kann. Der für dich da ist, wenn es dir einmal nicht so gut ergeht.

Aber weil es dein Leben ist, kann ich Dir leider nur sagen, wie ich in dieser Situation handeln würde. Ich würde sofort den Kontakt von meiner Seite her abbrechen, keine Anrufe, keine Nachrichten! Ich würde dazu auch auf seine Kontaktversuche nicht mehr reagieren, sie nur ignorieren! Dann wirst du sehen wie sich seine liebliche Art ganz schnell in Aggressionen umwandelt! Aus der Welt, wo er herkommt, hat kein Mann Respekt vor einer Frau. Du bist eine äußerst intelligente und gutaussehende Frau, du hast dir so viel Wissen angeeignet. Bitte, bitte Helga lösche diese Person ganz schnell aus deinem Leben! Auch wenn es weh tut, glaube mir, diese ganze Geschichte nimmt ein bitteres Ende! Ich habe so eine Angst um dich, diese Leute sind knallhart, schlimmer als jede Mafia!

Darauf antwortete Helga nur mit: „Nun, ich habe hier eine gute Nachbarschaft, die jederzeit kommen würden, wenn ich um Hilfe rufe.“

Daran merkte Rosi, dass Helga immer noch die rosarote Brille aufhatte.

Sie schickte ihr zum Thema Romance-Scamming – ein Phänomen, vor dem die Polizei warnt, einen Link. Rosi hatte diesen Bericht im Berliner Tagespiegel aus dem Jahre 2014 gefunden. In ihm heißt es:

"Romance-Scamming", was im Deutschen so etwas wie "Liebesbetrug" bedeutet, heißt das Phänomen. Dabei suchen die Täter per Internet, zum Beispiel über soziale Netzwerke, den Kontakt zu Frauen wie zu Männern. Sie bauen über einen längeren Zeitraum ein Vertrauensverhältnis auf, gaukeln den Opfern die große Liebe vor mit nur einem Ziel: Sie später finanziell auszunehmen. In Einzelfällen hätten die Täter sogar vor "erpresserischen Menschenraub", also Entführung, nicht zurückgeschreckt, hieß es bei der Polizeilichen Kriminalprävention der Länder und des Bundes. Auch in Berlin sind diese Betrügereien bekannt geworden. Wie viele Opfer es bislang gegeben hat, ist nach Angaben eines Polizeisprechers aber nicht bekannt, da diese Taten nicht statistisch erfasst werden.

Betrug nach Schema

Die Masche der Täter ist immer ähnlich: Über Dating-Seiten im Internet und Soziale Netzwerke gelangen die Betrüger an die E-Mailadressen oder direkt an die späteren Opfer. Oft dient eine Einladung zum Chat als Lock-

mittel. Sie schreiben entweder in recht gutem Englisch, Französisch oder auch in Deutsch.

Laut Polizei werden den Opfern Bilder ihrer Internetbekanntschaften in schlechter Qualität geschickt, da sie illegal erlangt wurden. Außer bei Frauen: "Sie locken ihre Opfer bevorzugt mit schönen Fotos, auf denen sie oft sportlich oder leicht bekleidet zu sehen sind", heißt es bei der Polizeilichen Kriminalprävention. Die Betrüger bauen Vertrauen zu den Bekanntschaften auf, und überhäuften sie dann schon bald mit Liebesschwüren. Sie seien neugierig und wollten so viel wie möglich von ihrem neuen Kontakt wissen: Hobbies, Ex-Partner, Kinder, Freunde – auch der Glaube an Gott spiele eine große Rolle, hieß es bei der Polizei.

Das Beuteschema: Einsame, finanziell abgesicherte Singles

Dabei haben es die Täterbanden auf alleinlebende Männer und Frauen abgesehen – egal welchen Alters. Hauptsache, sie sind finanziell abgesichert.

Doch auch dieser Bericht erschütterte Helga nicht. Sie ließ nicht von diesem Mann ab, ganz im Gegenteil. Sie erwartete ihn hoffnungsvoll jeden Freitag, um ein aufregendes Wochenende zu verbringen.

Nachdem sie nach mehr als zwölf Wochen ein Leben im Ausnahmezustand lebte, kam es ihr dennoch etwas komisch vor, dass Amadou nach wie vor bei ihr nach Geld bettelte und sie ihm niemals widerstehen konnte. Sie überkam ein schlechtes Gewissen ihrer Schwester und einzigen Vertrauten gegenüber. In einem Telefonat zeigte sie jedoch etwas Reue. Sie bedauerte ihr Verhalten der letzten Monate. Langsam erwachte Helga aus ihrem Traum vom großen Glück und von der großen Liebe zu Amadou.

Erst nachdem ihre Schwester sie auf einen Bericht vom 16.10.2013 in der Augsburger Allgemeinen aufmerksam machte, erwachte Helga so allmählich immer mehr.

Die Augsburger Allgemeine berichtete mit der Überschrift:

„Augsburger Frauen von afrikanischen Liebes-Betrügern abgezockt."

Jetzt kam bei Helga die komplette Ernüchterung. Mit gemischten Gefühlen las sie:

„Festnahme eines Kriminellen in Nigeria: Afrikanische Betrüger zocken im Internet reihenweise deutsche Frauen ab. Doch die meisten Opfer schweigen - ihnen ist die Sa-

che peinlich. Sie versprechen Liebe und wollen nur Geld. Afrikanische Betrüger zocken auch in Bayern reihenweise deutsche Frauen ab. Doch die meisten Opfer schweigen - aus Scham.

Er hat alles, was man sich von einem Mann wünscht. Er ist höflich, charmant und interessant. Sein Profilbild auf Facebook zeigt einen gut angezogenen, lächelnden Mann zwischen dreißig und vierzig. Und seine Mails erst - voller Liebe und Romantik: "Du bist das Wichtigste für mich auf der Welt", schreibt er einmal. "Ohne dich will ich nicht mehr leben". Mittlerweile ruft er sogar regelmäßig an.

Reihenweise zocken Kriminelle derzeit in Deutschland Menschen ab, bevorzugt Frauen über 40 Jahre. Allein im Großraum Augsburg wurden in den vergangenen vier Wochen sieben Frauen zu Opfern, zahlten gutgläubig Tausende von Euro an die Betrüger.

Liebes-Betrug im Internet:
Die Dunkelziffer ist hoch.   Und vermutlich sind es sogar noch viel mehr Betroffene. "Die Dunkelziffer ist enorm hoch", sagt Hauptkommissarin Michaela Schricker.

"Weil sich die Betroffenen schämen, weil es ihnen peinlich ist." Schricker ist beim Kommissariat 2 der Kripo Augsburg zuständig für die Ermittlungen im Fall der Liebes-Betrüger. Und der Fahnderin ist völlig klar: "Das Ganze ist professionell organisiert."

Die Masche, mit der die Betrüger seit einiger Zeit verstärkt in Deutschland auf Opferjagd gehen, ist tatsächlich nicht ganz neu. "Romance Scamming" oder "Love Scamming" lautet der Fachbegriff für diese Form der Kriminalität. Das Prinzip: Die Täter nehmen eine falsche Identität im Internet ein. Dann schreiben sie - bevorzugt über Flirtportale, Facebook, Twitter, oder andere soziale Netzwerke - einsame Frauen an. Sie schleichen sich in ihr Vertrauen, umgarnen sie per Mail und Telefon. Plötzlich geraten sie angeblich in eine Notlage und bitten um Geld. Zahlt die Frau, wird sie weiter und weiter ausgenommen. Zahlt sie nicht, setzt der Kriminelle sie unter Druck. "Das Problem ist, dass viele Frauen sich dazu überreden lassen, ihrem vermeintlichen Verehrer ein Nacktfoto zu schicken", berichtet Hauptkommissarin Schricker. "Damit haben die Täter ein Druckmittel in der Hand, wenn das Opfer nicht zahlen will."

Bei diesem Abschnitt wurde es Helga ganz anders. Sie erkannte sich darin wieder, auch sie hatte im Liebeswahn auf Bitten von Amadou einige Nacktfotos von ihr geschickt. Dazu hatte auch sie bisher mit mehr als fünfzehntausend Euro Amadou aus den verschiedensten „Notsituationen" geholfen.

Weiter heißt es im Bericht: „*Viele von ihnen sind tatsächlich verliebt und wollen einfach nicht glauben, dass sie einem Betrüger aufgesessen sind", weiß Ermittlerin Schricker. "Anderen ist es entsetzlich peinlich, dass sie hereingefallen sind."*

Bei diesem Aufruf kam Helga sehr ins Grübeln. Sie saß zwischen zwei Stühlen. Zu einem liebte sie diesen Mann abgöttisch und würde alles für ihn tun, zum anderen wurde ihr immer mehr klar, dass auch sie auf diese Masche hereingefallen ist.

Die Kripo Augsburg bittet Opfer, sich zu melden

Bei der Augsburger Kripo werden die aktuellen Fälle von Liebes-Betrug jetzt gesammelt und ausgewertet. Sieben sind es alleine in den vergangenen vier Wochen. "Wir suchen vor allem nach einem Muster, wie die Täter an ihre Opfer kommen", sagt Hauptkommissarin Michaela Schricker. Die Fahnder schließen

nämlich nicht aus, dass dabei auch Adresshändler mit im Spiel
sein könnten. Ihr Rat: "Bei aller Scham: Opfer dieser Masche soll-
ten sich unbedingt bei uns melden. Wir behandeln alle Angaben
auch vertraulich".

"Wir gehen auch beim Liebes-Betrug davon aus, dass es sich um
ein echtes Massenphänomen handelt", sagt Fahnderin Schricker.
Sprich: Die afrikanischen Betrüger schreiben reihenweise poten-
zielle Opfer an. Selbst die Liebes-Mails bestehen aus Textbau-
steinen, werden hundert- und tausendfach verschickt. Wenn Op-
fer erst einmal angebissen haben, beginnt die "Ernte". Mit
schwierigen Fällen, also Frauen, die sich weigern zu bezahlen,
geben sich die Täter nicht allzu lange ab. Lukrativer ist es, leicht-
gläubigere Opfer weiter abzuzocken.

Siehe Quellennachweis: Augsburger Allgemeine, Autor © SASCHA BOROWSKI www.augsburger-allgemeine.de

Der Verzweiflung nah, richtete sie telefonisch einen Hilfeschrei
an ihre Schwester und bat sie um moralische Unterstützung.
Rosi sicherte ihr zu, dass sie immer für sie da sein wird, egal was
passieren würde. Als erstes schlug sie vor, dass Helga seinen
richtigen Namen rausfinden müsste. Nur so würde eine Anzeige
Sinn machen. Helga war der Meinung, mit geschickten Fragen
würde sie das herausfinden. Nur über Facebook oder am Telefon
wäre das nicht möglich, da müsste sie ihn vor sich haben und sein

Gesicht dabei sehen. Die Beiden schmiedeten einen Plan, um Amadou zu überführen. Sie einigten sich darauf, dass Helga ihn zu sich einladen würde und ihn dann mit einigen unangenehmen Fragen konfrontieren würde. Ihr bereits gezahltes „Lehrgeld" wie es Helga nannte hatte sie bereits abgeschrieben.

Gesagt, getan. Sie bat Amadou unter dem Vorwand, sie hätte große Sehnsucht nach ihm, doch bitte am kommenden Wochenende zu ihr zu kommen. Den Glauben daran, dass er kommen würde, hatte sie nicht wirklich. Auf ihre Einladung hin jammerte er, dass er die Bahnfahrt nicht bezahlt bekommt und aus dem Vertrag als Profifußballer in Düsseldorf sei auch nichts geworden. Aber er wäre bereits bei einem anderen Verein vorstellig gewesen, wo die Aussichten auf einen Vertrag sehr gut wären. Helga glaubte ihm kein Wort. Auf irgendeine Art hatte er dann dennoch das Geld für die Bahnfahrt aufgetrieben. Er meinte, ein Freund hat ihm ausgeholfen, damit er zu seiner großen Liebe fahren kann.

Mit sehr traurigen Augen stieg er wie besprochen am Freitagnachmittag am Bahnhof in Augsburg aus. Helga versuchte, sich so unauffällig wie nur möglich zu verhalten. Der wahre Grund für sein trauriges Verhalten ließ nicht lange auf sich warten. Amadou berichtete ihr auf dem Weg zu Helgas Wohnung davon, dass er dringend in seine Heimat fliegen müsste, da sein Vater sehr krank ist und im Moment nicht in der Lage sei, für seine kranke Mutter und seine fünf Geschwistern finanziell zu sorgen. Helga reagierte auf diese Anfrage kaum, sie teilte ihm nur mit, dass es ihr sehr leid tue, was seine Familie gerade im Kongo durchmachen müsste.

Ihr Plan schien aufzugehen. Wie gewohnt fuhren sie in Helgas Wohnung und machten sich einen netten Abend. Helga genoss noch einmal einen sehr guten Sex mit ihm und dabei seine zarte Haut, die sich wie die Haut eines Babys anfühlte, zu spüren. Noch bevor er am nächsten Tag so richtig wach wurde, bat er Helga um einen weiteren Schuss Geld. Sie lehnte mit dem Argument, sie habe kein Geld mehr, ab. Dafür konfrontierte sie ihn mit sehr vielen unangenehmen Fragen. Sie wollte unbedingt wissen, ob er sich verheddert, wenn sie ihm die diversen Seiten zeige, wo er überall zu sehen ist. Auf die Fragen hin, wieso er sich auf so vielen verschiedenen Partnerseiten in den verschiedensten Ländern und Sprachen angemeldet hatte, reagierte er vorerst mit weiteren Lügen. Er meinte ohne rot zu werden, er würde sich in der Bedienung Internets noch nicht so gut auskennen. Dann meinte er dazu, er wollte sich damit als angehender Profifußballer bekannter machen.

Er konnte nicht ahnen, dass Helga aus ihrem Liebestaumel erwacht war.

Das reichte Helga. Bevor sie ihn wie gewohnt zum Bahnhof zurückbrachte, machte sie noch schnell ein Bild von ihm in voller Körpergröße, als er bei ihr im Wohnzimmer stand. Das war mit ihrer Schwester so abgesprochen, auch sie war der Meinung, das wäre ein gutes Beweisstück, sollte er die Besuche bei Helga irgendwann einmal abstreiten.

Für Helga stand fest, sie wird Amadou nie wieder vom Bahnhof abholen und mit ihm ein Wochenende verbringen. Auf der Fahrt zum Bahnhof sah er seine Felle davonschwimmen und wurde verbal sehr böse zu Helga. Aufgrund ihrer Reaktion auf seine Bitte hin, ihm erneut viel Geld zu geben merkte er, dass er bei Helga keine Chance mehr hatte, sie auszunehmen. Da halfen auch seine Bemühungen in der vergangenen Nacht, Helga noch einmal so richtig heiß zu machen, nichts. Mit den Worten: „Zu dir komme ich nie mehr, um Liebe zu machen, du bist eine Oma" stieg er in den Zug nach München auf nimmer Wiedersehen ein. Sie verabschiedete sich sehr kühl von ihm, drehte sich von ihm ab, sprach für sich selbst die Worte: „Hauptsache es war schön" und damit war für sie die Affäre zu einem afrikanischen Liebesbetrüger vorbei.

Ab diesem Tag meldete er sich bei Helga nie mehr, auch gab es ab diesem Zeitpunkt keinerlei Bewegungen mehr auf seinem Profil als Amadou bei Facebook.

Nachdem sie alles ein paar Tage sacken ließ, auf keine Mail oder keinen Anruf mehr reagierte, fuhr sie zur Kriminalpolizei nach Augsburg und erstattete Anzeige gegen Amadou wegen Betruges mit Vortäuschung einer Liebe.

Der zuständige Kriminalbeamte machte Helga auf einen sehr interessanten Bericht in der Hamburger Morgenpost am 18.12.2017 aufmerksam. Dieser Bericht erzählt von einer Frau, die Liebes-Schwindler reinlegt. Man nennt sie auch „**Die Rächerin der betrogenen Frauen.**"

Im Bericht heißt es:

> *Es gibt weltweit ein paar Dutzend Männer, die sich gerne an ihr rächen würden. Einer hat ihr erst kürzlich angekündigt, sie mit seinen eigenen Händen erwürgen zu wollen ... Es hat also gute Gründe, dass wir ihren Namen für uns behalten. Und ihren Wohnort auch. Wir nennen sie deshalb Dorothea P. Die kaufmännische Angestellte hat ein außergewöhnliches Hobby. Sie betreibt Scambaiting. Das heißt: Sie legt Betrüger rein.*

Ende November bei McDonald's in Wandsbek. Dort hat sich Dorothea P. um 12 Uhr verabredet. Der Afrikaner, der ein paar Minuten nach ihr das Schnellrestaurant betritt, hat keine Ahnung, dass es in dem Lokal von Polizei nur so wimmelt. Als er Dorothea P. nach dem Paket mit den 15.000 Euro fragt, legt ihm ein Fahnder von hinten die Hand auf die Schulter und sagt: „Sie sind festgenommen!"

Die Opfer: *Einsame Herzen hierzulande, die nur zu gerne an die große Liebe glauben. Wochenlang wird gemailt oder gechattet. Ist es dem Betrüger gelungen, eine intensive Beziehung aufzubauen, das Opfer emotional abhängig zu machen, ist der Moment gekommen, nach Geld zu fragen: Erst nach kleineren Summen – etwa für ein neues Laptop, damit die Kommunikation zwischen den Liebenden unkomplizierter wird. Dann nach größeren: Angeblich hatte das Kind fernab im Ausland einen Autounfall. Für die Behandlung muss Geld überwiesen werden. Sofort. Es geht um Leben oder Tod...*

Schon zahllose Menschen sind auf solche Tricks reingefallen. Haben Zigtausende Euro in einen Traum investiert. Haben alles verloren: ihr Geld und ihr Herz.

Acht Wochen lang Süßholzraspeln eines „Michael Silver"
hat sie über sich ergehen lassen, hat so getan, als würde
sie ihm alles glauben – bis der angebliche US-Arzt im
UN-Einsatz ihr den Bären aufband, dass er in Syrien zwi-
schen Trümmern eine Goldkassette mit einem riesigen
Vermögen entdeckt habe – Startkapital für die gemein-
same Zukunft.

„Mir hat er dann erzählt, dass er Geld benötige, um den
Schatz außer Landes zu bringen. Ich habe gesagt, dass ich
ihm das Geld zwar überwiesen hätte, es aber nach ein
paar Tagen wieder meinem Konto gutgeschrieben worden
sei, denn die Bankverbindung nicht stimme", so Dorothea
P. grinsend. „Das habe ich drei, vier Mal wiederholt, bis er
die Nerven verlor und sagte, er werde jemanden schicken,
der das Geld persönlich in Empfang nimmt..." So kam es
zur Verhaftung bei McDonald's in Wandsbek.

Insgesamt drei Täter hat Dorothea P. in den vergangenen
vier Wochen der Polizei ans Messer geliefert: Auch in
Aachen und Bremen kam es zu Festnahmen.

Sie liebt den Nervenkitzel, den sie dann empfindet, wenn
es ihr gelingt, die Täter quer durch die Welt zu hetzen –
„Safari" nennen Scambaiter das. Einmal habe sie einen
der Täter dazu gebracht, aus Paris bis auf den Gipfel des

Schweizer Berges Piz Gloria zu kommen. „Als er begriff,

dass ich ihn reingelegt habe, war er so böse, dass er mir

schrieb, er werde mich töten."

Zurzeit macht sich gerade ein gewisser Markus Müller

über das Dating-Portal Finya an Dorothea P. ran. Er ahnt

noch nicht, was ihm blüht.

Siehe Quellenangabe © Hamburger Morgenpost – Autor Olaf Wunder, www.mopo.de

Auch in diesem Beitrag fand sich Helga wieder, auch wenn es darin nur um Liebesbetrüger aus dem Ausland ging die meist nur virtuell agierten.

Nach ein paar Monaten erfuhr sie von der Kriminalpolizei in Augsburg, dass Amadou im gesamten Internet unter mehr als acht falschen Namen gemeldet war. Er in Wirklichkeit zweiundzwanzig Jahre alt ist und dass er mit seiner Frau und seinen vier Kindern in München lebte, nur der Englische Garten stimmte dazu nicht. Dazu hatte er keinerlei Verbindung zu einem Fußballverein, in dem er als Profifußballer unter Vertrag genommen werden sollte. Er arbeitete für einen Clan in der Ukraine, der sich mit der Vermittlung von älteren und sehr einsamen Frauen beschäftigt. Diese Leute arbeiten nur im Auftrag, wie eine Art Drückerkolonne. Sie müssen einen bestimmten Umsatz im Monat vorzeigen können. Der erwirtschaftete Gewinn fließt zu 80% zu den Auftraggebern in die Ukraine. Diese Männer verdienen ihr Geld sozusagen als männliche Prostituierte. Für ihren Lebensunterhalt und den ihrer Frauen und Kinder sorgt unser Staat.

Alles, was diese Männer dazu verdienen, dient für den Luxus, den sie sich unbedingt leisten müssen. Oft wird ihnen auch der Tod angedroht, wenn sie nicht regelmäßig genügend Geld an die Drahtzieher überweisen. Er legte Helga noch ans Herz, dass sie sich für ihr Verhalten nicht schämen müsse. Mehr als viele hunderte, wenn nicht tausende von älteren Damen, die sehr einsam sind, fallen jedes Jahr dieser neuen Masche von Liebesbetrug zum Opfer und verlieren damit zum Ärger ihrer Erben sehr viel Geld. Es gibt dazu nur eine kleine Dunkelziffer, die wirklichen Zahlen der Betroffenen wird es nie geben.

Man konnte „Amadou" keine Straftat nachweisen, da alle Frauen, die er verteilt durch ganz Deutschland mit seinen Liebesdiensten beglückte und um ihr Geld brachte, ihre Handlungen freiwillig vollzogen.

Was Helga nun noch bleibt, ist ein schmaleres Bankkonto und die Erinnerungen an eine außergewöhnliche Zeit voller „Liebe" und einer unvergesslichen Sexualität mit einem Afrikaner.

Ihre eigene Meinung dazu: "Ich habe die Zeit mit ihm genossen, meine Erfahrungen diesbezüglich gemacht und dafür teuer bezahlen müssen." Für Helga kam die Erleuchtung spät, aber zum Glück nicht zu spät.

Nachwort zu Helgas Erlebnissen.

Wie ich schon erwähnte, kenne ich Helga seit vielen Jahren als äußerst nette und zuvorkommende Facebook-Freundin. Sie hat bisher alle meine Bücher, die auf wahren Begebenheiten basieren, gelesen und ihre Meinung dazu mitgeteilt. Nachdem ich ihr von meinem Vorhaben, ein Buch über Frauen ab siebzig erzählte, bat sie mich, wenn ich dazu Lust hätte, auch ihre Erlebnisse diesbezüglich mit einzubringen. Ich willigte gerne ein. Helga begann damit, ihr Erlebtes aufzuschreiben und damit auch viel besser zu verarbeiten. Ihr ist es sehr wichtig, dass andere Frauen in dem Alter, die sehr einsam sind, vor den Machenschaften dieser Liebesbetrüger gewarnt werden und nicht auf ihre liebliche Art hereinfallen.

Ich bedanke mich bei Helga für ihr Vertrauen, welches sie mir gegenüber erbrachte. Ich wünsche ihr für die Zukunft viel Gesundheit und noch viele schöne Jahre mit ihrer kleinen Familie.

www.joanapeters.de